U0640242

人间值得

张绍琴 / 著

北方文艺出版社

·哈尔滨·

图书在版编目（CIP）数据

人间值得 / 张绍琴著. —— 哈尔滨：北方文艺出版

社, 2025.3. —— ISBN 978-7-5317-6537-0

Ⅰ. I267

中国国家版本馆CIP数据核字第2025GN9986号

人间值得
RENJIANZHIDE

作　者 / 张绍琴

责任编辑 / 富翔强　　　　　　　　　封面设计 / 吉建芳

出版发行 / 北方文艺出版社　　　　　邮　编 / 150008

发行电话 / （0451）86825533　　　　经　销 / 新华书店

地　址 / 哈尔滨市南岗区宣庆小区 1 号楼　网　址 / www.bfwy.com

印　刷 / 三河市中晟雅豪印务有限公司　开　本 / 710毫米 × 1000毫米　1/16

字　数 / 120 千　　　　　　　　　　印　张 / 14

版　次 / 2025 年 3 月第 1 版　　　　　印　次 / 2025 年 3 月第 1 次印刷

书　号 / ISBN 978-7-5317-6537-0　　　定　价 / 69.80 元

目 录

第六辑　人间百味是清欢

第一辑

烟火香中度流年

一袋春色

每到春来，妈妈总要给我送来满满一袋春色，给我的餐桌添上一盘春意，以她特有的方式，告诉我，春天来了。

这不，冬寒尚未完全褪尽，春阳时隐时现，结香初绽，樱花似开未开，桃李将醒未醒，妈妈便迫不及待地提着一袋春色送上门来。

碧绿的菜心被稻草系成小捆，在透明的袋子中竖立排放，像一番浓睡后醒来精心打扮的姑娘，亭亭玉立，神采奕奕；菜叶上还带着晓露，仿佛交错叠放的玉盘中滚动着一粒粒珍珠。

菜心显然是妈妈刚从她的菜园中摘来。妈妈开荒得来的一畦菜园像是意外添得的一个孩子，在她的精心抚育下，各种蔬菜长势极好，四季春色盎然。我却少有时间到她的菜地一看，更谈不上帮着松土、浇水，或者陪伴。然而，知女莫若母，妈妈深知我对她亲手栽种的菜心的喜爱，天天上菜园侍弄，待到初长成，便兴冲冲地摘了给我送来。这正当妙龄的鲜嫩菜心，引来路人的纷纷注目。在送来的路上，总有人询问是否出售，多少钱一斤。

菜心下躺坐随意、不拘一格的是野生折耳根。何以知道是野生？单看外形，走过隆冬、刚入初春的折耳根不仅根瘦叶单，长短、大小不一，而且形销骨立中，有一点儿不羁和不屈的意味。看到它，更能深刻地感受到长冬后春已临的欢欣。栽培的折耳根则像胖胖的婴儿，挥舞着肉嘟嘟的小手，一派天真。能挖到野生折耳根，珍爱土地的妈妈是不会舍得在来之不易的菜园中栽培的，宁愿越过十里八里的山野去寻觅。当然，我更喜欢这种带有浓郁大自然气息的野生折耳根，喜欢它不羁不屈的外形之下，不受任何拘束和不被驯服的味道。

中午烹调的时候，我把妈妈送来的菜心清洗干净，放入灶上烧着沸水的铁锅中，烫几分钟后捞起，过凉水，和洗净切成小段的折耳根一起凉拌。碧绿的菜心和洁白的折耳根在糊辣壳、盐、生抽等一系列调料的撩拨下，完全释放出自己的味道。充分搅拌后，夹一筷子入口，有整个春色在舌尖上爆裂的感觉。米饭还没来得及盛上饭桌呢，味蕾忍不住先享受着新春的欢欣，一口一口细细地咀嚼着春意。像烟花的绽放，更喜欢有人围观。愉悦之余，我拍照发到微信群，很快有人回复信息，说"美味佳肴，刚吃过饭，看着又饿了！"我更加得意，一边大快朵颐，一边敲字回复，"山野之味，春色撩人，春意盎然，真正的秀色可餐！"

可惜已逾古稀的妈妈不会使用智能手机，看不到我肆无忌惮地炫耀。然而，她三春晖一样的爱，已通过她送来的一袋春色，进入我的腹腔，抚慰着我的胃；又通过我拍照发到网络上的那盘春意，传到了各处，点燃了他人心中的春。

大厨问招

我家大厨养成记是一部厚厚的书，经过了婚后漫长的岁月写成。

大姑子总结得好："弟弟在家时连碗都不捡，袜子都不洗，没想到自己当家后竟然练成大厨。"

大厨练成的过程省略，就像把一部厚书的内容絮絮叨叨地说出来，听者只觉得枯燥乏味，还会对自己宝贵的时间遭到无情的浪费感到气愤。

大厨成功地将我从厨房中解放出来后，我终于如愿过上了读书、养花、上班的诗意生活。

然而我家大厨有一个特点，入厨前必问招。

这不，大厨早晨在床上刚睁开眼睛，便侧身轻问："吃什么？"

我有时处于强制开机状态，耐心、好脾气、道德修养、逻辑思维等还没有醒来，便没好气地回道："你是大厨，还问我？扰了我的好梦，该当何罪？"

更多时候我和大厨同步醒来，大厨询问："吃面条好吗？"

一夜酣眠，我的理智已和窗外的欣欣鸟鸣一起恢复，脑子中第一个念头，面条80%都是碳水化合物，休想害本宫。杨柳腰肢变成水桶腰，是可忍，孰不可忍。于是，娇声软语："大厨，我想喝粥。"

大厨知趣告退，起床，厨房中一阵忙碌。待我洗漱完毕，餐桌上已是碗筷碟子摆放有致，白瓷碗盛绿蔬粥，热气袅袅。

我边吃边启动头脑风暴搜罗大脑皮层中储存的美言，对粥及佐餐小菜之色香味极尽夸赞。大厨报以憨憨一笑。

中午一起下班回家。刚进屋，大厨又问："炒什么菜？"

为挤出一点午休的时间，我洗净纤纤素手，跟随大厨进入厨房，给大厨打下手。先淘米倒入电饭煲开启煲饭模式，然后从冰箱取出蔬菜肉类，一人洗，一人切，一锅煮，一锅炒，有点寻常日子夫唱妇随的美好。待饭熟，热菜已出炉。两荤一素，一荤一素，均可。人间烟火味，最抚凡人心，比餐馆吃得惬意舒适。

晚归，若是身乏心累，则取躺平模式。大厨照例询问，我连思维一起跟着躺平，说："随便你做什么，自由发挥，反正我胃口好，不挑食。"吃货的思路是好吃多吃点，不好吃多少也要吃点。我比吃货更甚，没有什么能影响到我的胃口。

节假日，大厨有充足的时间。"今天炖个什么汤？"

"行。那就做个酸萝卜老鸭汤吧。"大厨便骑上他的轻骑，到菜市场采购。

第二日，大厨又问。"很久没有吃排骨海带汤了，弄一个排骨海带汤吧。"大厨便骑行往肉市场去精选排骨。

大厨问招，偶尔也出选择题，"今天我煮鱼给你吃。你想吃麻辣鱼，还是酸菜鱼？"

结婚二十多年，大厨娴熟地把日常的琐碎熬成绵软滑顺、清淡适口的粥，把鸡零狗碎的繁杂炒成荤素搭配的烟火味，把生活中的锋芒炖成温柔鲜香、滋味绵长的汤。他在入厨前的问招，不是胸无成竹，而是他特有的绝招，是烹调中不可或缺的爱的佐料。

大厨问招，尽得厨艺的精髓。在大厨的烹调下，每个相似的日子便有了不一样的味道，平淡的婚姻也被大厨烹调得风生水起。

不识茼蒿

春来正是午休天，晴日暖风恰好眠。爸妈居处离单位近，中午下班后临时起意——去蹭饭吃，饭后正好午睡一小时。

由于事先未打电话，去时，他们已吃过午饭。妈妈取出一袋绿意的蔬菜，一边倒入盆中清洗，一边说给我煮新鲜的菜。

我看着一根根茎上长着像羽毛一样分裂的叶片，绿意盈目，青葱可人的样子，不同于常吃的白菜、莴笋，便好奇地问妈妈，这是什么菜呀？

妈妈说，这是茼蒿，很好吃。茼蒿的清气和甘香之味瞬间在记忆中复苏。

茼蒿，我是吃过无数次的啊！吃得最多的，应该是下馆子涮火锅，吃汤锅的时候。不意竟在妈妈的厨房偶遇，因为意料之外，所以不敢相认。

看着妈妈洗出满满一盆茼蒿，我担心一个人吃不完，让妈妈少煮一些。妈妈说，放心，吃得完，这个菜入水煮，缩头很大。

果然，入锅时的一盆茼蒿起锅后变为不大不小的一碗，像煮菜时被谁偷吃了一样。想到台湾又称茼蒿为"打某菜"，便哑然失笑。传说一位不明事理的先生买回一篮子茼蒿，太太入厨炒煮后竟然只端上来一盘，便疑心太太偷藏偷吃，遂拳脚相向。"打某菜"之名由此传开。

绿油油的茼蒿缱绻在白瓷碗中，热气腾腾，香味扑鼻。我打了一个糊辣壳作料碟，将茼蒿夹入作料中拌后下饭。这种最简单的吃法反而保留了茼蒿的本真味道，细细嚼来，鲜香脆爽，清润宜人，香中带点涩，涩里透着甜，十分清胃爽口。

早在 900 多年前，作为美食达人的苏东坡便将茼蒿写入诗中，"渐觉东风料峭寒，青蒿黄韭试春盘"，他的词作《浣溪沙·斜风细雨作晓寒》中也有茼蒿之味："雪沫乳花浮午盏，蓼茸蒿笋试春盘。人间有味是清欢。"想来对青葱可爱，清润宜人的茼蒿，东坡也是青眼有加吧。

陆游对茼蒿也是情有独钟，他认为茼蒿是天赐的佳蔬之一，在《初归杂咏》一诗里，他深情地写道："小园五亩剪蓬蒿，便觉人间迹可逃"，诗中的"蓬蒿"即是"茼蒿"。陆游剪茼蒿，吃茼蒿，便觉此境非人间，凡身疑是一神仙。

我呢，一箸茼蒿一口饭，口腹一番试春盘，春意已然满心间。在酣畅的饕餮中，一碗茼蒿一扫而光。

妈妈有些歉意地对我说，你没有提前说要来吃饭，来不及煮肉，将就吃吧。

妈妈也是不识茼蒿的。她哪里知道，在古代，茼蒿由于香嫩美味，加上种植的不普及，曾只供给皇宫，是宫廷佳肴，被称作"皇帝菜"，我等布衣是无福品尝的。如今大口啖茼蒿，岂还惦记肉乎？

她哪里知道，用她煮的茼蒿，我伴着糊辣壳，伴着诗词，伴着爱，吃出了春意，吃出清欢，吃出了尊贵。

凡人茶事

凡人茶事，无关茶艺，亦遑论茶道，然不失茶趣。

幼时家贫，泡茶却非常豪气，特别是夏天，父母常常在早起出门干农事前便泡一大盆茶，足够一家人吃上一整天，有时甚至吃上两天。

盆子是大的洗菜盆，一盆多用，不洗菜时便盛茶。茶叶多是老鹰茶或苦丁茶，取其价廉，或得之容易，似乎家中常年备有。

夏天，母亲常说，趁凉快，多干点农活，午饭时间常常无限延迟。不到日上中天渐西斜，父母是不回家的，也不让我们回家。即便饥肠辘辘，太阳炙烤得庄稼似乎要冒烟，人似乎要掉皮，也必须把计划的农活干完。这样，回到家时，无一例外均饥渴难耐。第一个动作便是端起晨起泡好的茶，彼时早已凉透，父母一人倒一碗，嘟噜咕噜牛饮而尽。常常连喝几碗，方才舒坦地揩去嘴角的残水。像干渴的土地下了一场透雨,身体的每一寸肌肤都得到了滋润,这才麻利地去准备午饭。

不用问茶好喝与否，从父母脸上松弛的肌肉，消去疲倦重新变得有神的双眼，舒服的神态即可知道答案。大人和孩子的口味是不同的，小孩很少喝茶，嫌苦嫌涩嫌麻烦，不如直接拿着瓢到水缸盛起水喝，缸中盛的是挑来的泉水，更方便，更过瘾，更解渴，还没有茶那种微苦微涩的味。

母亲还喜欢用茶水泡饭，再从泡菜坛子中抓几根咸菜，咬一口咸菜下一口饭，吃得津津有味。我们小孩子也不喜欢，一点油星儿都没有。无可选择时跟着母亲一起吃一顿，吃完后肠胃仿佛受了百般委屈，老想着偷一点有滋有味的东西抚慰一下。

家中其实也是有绿茶的，只是从未喝过，父母说不好喝。茶树长在菜园子的土坎边或山上。那时还没有明前茶贵如黄金的概念，只知道加工好的茶叶可以卖钱。于是，摘茶的时间到了，母亲叫上我们，背起小背篓，摘上一把即反手放入背篓。加工茶叶多是在晚上，不耽搁农活。在土灶上一番翻炒后，将茶叶倒入事先准备好的簸箕。母亲弓着身子，双手在簸箕中用很大的劲儿揉捻，揉捻好的茶叶摊开，太阳好时自然晒干，没有太阳的日子就在灶上烘干。加工好的茶叶悉数拿到集市换成钱。

工作后，不喝茶的我们有自己的办公室，也学着那些坐办公室的前辈们泡茶喝茶。成千上万一斤的茶当然喝不起，价格一般的绿茶抽屉中四季常备。喝习惯了，有时忙起来一日不喝总觉得心中缺了点啥。没事时看着茶叶在冲入的沸水中舒展，叶叶舒卷有余情，好像浓睡后醒来打着哈欠伸一个懒腰，重新活力充沛地拥抱这个世界。品咂一口，清香鲜嫩，最初的微涩后，淡淡的回甘来，像整个春天在舌尖舒展开来，像无边的草色在原野蔓延。

小时候缺乏耐心和静气，习惯浅尝一口便下断论，长大后再喝老鹰茶、苦丁茶，却也别有一番滋味，起码远胜一瓢凉水。

父母随着子女入城居住后，也开始喝绿茶。老鹰茶和苦丁茶却很少喝了，茶泡饭也不再吃了。想起父母说的绿茶不好喝的话语，想起妈妈吃着茶泡饭有滋有味的样子，一半是哄小孩，一半是哄着自己的心吧，在意念中收获着特定日子的茶趣，三分淡定，一分怡然，过着虽苦犹乐的每一天。

陆羽说："啜苦咽甘，茶也。"

凡人茶事，也就是啜苦咽甘吧，入口有苦味，咽下后总能咂出余甘，并在余甘中安然地将日子一天一天过下去。

妈妈的手工汤圆

每到正月十五，妈妈总会召集一大家人，围坐一桌吃汤圆，隆重地度过这一天。

妈妈一向勤俭节约，哪怕是盛大节日，哪怕早已不愁衣食，她还是宁愿自己辛苦一点，忙碌一点，宁愿早起围着灶台烹调出一大桌家人喜欢的美味，也不愿意花钱去餐馆。特别是那些需要排队等候就餐的网红打卡点，她称之为"花钱买罪受"。元宵节吃汤圆是习俗。我家的汤圆一定是妈妈纯手工完成，不仅有煮汤圆，还有炸汤圆。曾经不懂事的我嫌麻烦："上馆子也能吃到手工汤圆，超市各种馅儿的汤圆都有，买一包倒入锅中，几分钟浮起后捞起，便足够一家人吃了，哪儿用得着买原材料，还要细细揉搓，还要一煮一炸的。"

但妈妈不这样想。和年夜饭一样，在妈妈心中，如果这样的节日都在餐馆吃现成的，那就不叫过节，缺少了年味，没有吃过妈妈的手工汤圆便不算过了元宵节。

因为妈妈的坚持，这一天，我们便不再剥夺妈妈下厨的权利。元宵节成了妈妈的舞台，每一年的元宵节都有着妈妈的独特味道。

元宵节的主食当然是汤圆。食材一定是提前一天或数天到超市购买回家，有糯米粉、红糖、芝麻、花生仁、豆沙等。到了元宵节，天还没亮，妈妈就早早起床，洗漱后便在厨房忙碌起来。

先取出一个干净的面盆，然后倒入适量糯米粉，在糯米粉中加入滚烫的开水快速搅拌成絮状后揉搓。水要适量，妈妈熟练地边揉边瞅准机会加一点水，恰到好处地让倒入的糯米粉黏成一大团。等到糯米粉揉得筋道到位了，妈妈就掐取一段在掌心中搓成圆饼状，再在圆饼中加入事先准备好的馅儿，搓成圆球。搓好的圆球一个个挨着摆放好，如珍珠般好看。

煮的时候，妈妈双眼盯着铁锅，边煮边搅动，这样汤圆就不会粘到一起。

油炸汤圆算零食，制作比煮汤圆多几个步骤。煮熟的汤圆捞起来后要先过凉水，再在面包糠中均匀滚过，顺着锅边将它们一个一个滚入六成油温的铁锅中，小火炸至汤圆表面不粘锅即捞起。

手工汤圆是妈妈绵长的爱。吃过了妈妈的煮汤圆、炸汤圆，新的一年也将元气满满。

夏日瓜事

下班，脱下一袭白袍的同事一边揩着汗水，一边吃着领导慰问的大西瓜，笑意盈盈地吐出黑色的籽儿，唇齿间蹦出两个字："真甜！"

这让我想起清代才子纪晓岚的《咏瓜诗》："凉争冰雪甜争蜜，消得温暾倾诸茶。"酷暑难耐，在连续工作四个小时——口大渴，身大热，汗大出后，脱下"征衣"和湿透的衣服，换上干爽的夏衫，对着凉爽如冰雪甘甜，如蜂蜜的西瓜大快朵颐，是何等的身心舒爽。仿佛刚才出过的汗，受过的渴，熬过的热在这一刻全都化成了入口的汁液，沁人心脾，让人在鲜明的对比中品味出西瓜更多的甜，感悟到人间的更多更难得的好。

生活就是这样，总是有苦有甘，甘苦相随，而苦后之甘更为怡人。

夏日的农家，几乎家家都是屋角几棚豆，檐下一畦瓜，正所谓屋前屋后，种瓜点豆。

父亲年轻时是一名种瓜好手，土地金贵，他会想办法匀出一块地种瓜，可惜种出来的瓜多是背到集市去卖。我们偶尔吃一个尝鲜解馋，也是在山野劳作，完成了父亲布置的任务后作为一种奖励才能吃到。

某一日，田里的西瓜成熟了，父亲会早早对我们宣布，掰下几块地的玉米，或是割回多少猪草牛草，晚上回家就可以切一个西瓜吃。那一天，想着甜甜的西瓜，我们几个小孩浑身便有了使不完的劲儿。

夏天的太阳并不因为人们的心情和干劲而稍减暑威。玉米秆病恹恹地立在土地中，似乎一碰就倒；玉米叶儿干枯而卷曲，一副要燃烧着的样子。想着两小儿辩日，孔子不能决，心中暗笑，管它孰远孰近，总是日中如探汤如探火，早点干完活儿回家能吃上西瓜才是王道。在西瓜的激励下，农活儿一定是能保质保量完成的。

回到家，来不及洗去满身的汗渍，迫不及待地将菜板和菜刀放到灶台上，眼睛紧随着父亲，看着父亲从井水中抱出一个早已凉好的西瓜。

一刀下去，咔嚓有声，凉气扑面而来，还没吃上瓜呢，眉眼都凉了。父亲将瓜切成小块，每人一块，"破来肌体莹，嚼处齿牙寒"，口中大啖西瓜，脑子里完全想不起别的词，只从牙缝间蹦出两个字："真甜！"

红红的瓜瓤入口入胃，滋润着劳作后干渴而疲乏的每一个细胞，暑热一扫而光，身体仿佛注入新的活力，产生一种全然不同的舒心爽气的感觉，无以形容，繁花落尽，唯"真甜"二字脱口而出。

没有比这更甜的瓜了，没有比这更好的味道了。"甜汁入口清肺腑，玉液琼浆逊此公。"劳作后的瓜真是分外甜。

"真甜"，是对劳动的体认，是生活的奖励，是人生的真滋味。

夏啖时鲜有雅趣

《浮生六记》有言，"布衣菜饭，可乐终身。"夏日瓜果次第登场，择小菜几碟，啖食时鲜，乐中亦有雅趣。

此时绿槐高柳咽新蝉，薰风初入弦，槐花已谢。槐花汤，槐花饭，槐花糕已是昨日槐花，随着春去，只留下舌尖上的记忆。不过，没关系，槐叶鲜嫩，犹可食也。

槐树高大，摘叶不易，学着老一辈的经验，绑刀于长棍，仰首踮脚，柔叶须臾可得。幼时农村，家家不富，时令鲜蔬手自栽。庭院植一槐树，便成了春夏佳肴。如今食材品种繁多，槐花槐叶其味清甜，依然是人们饭桌上的美味。摘得鲜嫩槐叶，清水洗净待用，灶上白水烧开，水量过食材，搅拌，数分钟后汤叶起锅，加入调料。白瓷碗中槐叶青翠，或舒或卷，如一阕清新优美的小令；热吃清香微苦，稍冷后啖之，口感清爽自然，有田园诗风，是儿时农家的滋味。

槐叶入膳，历史久矣。杜甫的《槐叶冷淘》中有记载："青青高槐叶，采掇付中厨。新面来近市，汁滓宛相俱。入鼎资过熟，加餐愁欲无。碧鲜俱照箸，香饭兼苞芦。经齿冷于雪，劝人投此珠。"说的便是关于槐叶的美食。做法是采摘青槐嫩叶捣汁和入面粉，揉成面团，做成细面条，煮熟，放入冷开水中浸泡，再捞入篾盆中，浇以熟油抖拌，然后存放井中或冰窖冷藏，食用时取出再调以作料。据说当时掌管肴馔的太官令，每逢夏日九品以上官员朝会时，必准备槐叶冷淘，其味清香，食后凉爽，是唐朝消暑的不二之选。

《诗经·豳风·七月》有言："七月食瓜，八月断壶。"民间也有谚语："春吃芽，夏吃瓜，秋吃果，冬吃根。"时序入夏，怎么少得了瓜？黄瓜、西瓜、南瓜、冬瓜、苦瓜、丝瓜，瓜瓜不同，相继登场，妥妥地当一名吃瓜达人吧。瓜类大多清热利湿，富含汁液，能有效补充夏日流失的水分，不仅味美，还可防暑降温。

瓜的吃法很多，生吃、凉拌、入汤、清炒、红烧，不一而足。根据自家口味与兴趣，总是能择一瓜选一味，尽享夏日之雅趣，尽谙夏日之美意。

有心者把黄瓜雕刻成竹子状，青椒用明火烧焦表面，剥去外皮，放入捣盅，加入大蒜和剥壳皮蛋，适量调料，继续捣匀后再放入熟牛肉粒拌匀，灌入黄瓜。黄瓜直立摆盘，亭亭如修竹，美其名曰"黄瓜咏竹"。黄瓜碧翠可人，皮蛋晶莹如玉，加上牛肉之香和辣椒之味，视之悦目，食之清爽，是古风美味，也是站立的傲骨珍馐。这哪里是尝时鲜，分明是细嚼一首出尘的诗嘛。

夏日视觉上的盛宴总让人想起"接天莲叶无穷碧，映日荷花别样红"的美景，好一幅大红大绿，精彩艳艳的巨画！莲荷不仅是夏日野外的风光，也是夏日餐桌上的美味。沈复与友投考崇文书院，时值长夏，于白莲香里，清风徐来，令人心骨皆清。午时就餐，解衣小酌，尝鹿脯甚妙，佐以鲜菱雪藕。《红楼梦》中贾宝玉挨了打，遍体鳞伤的时候，想吃的是"小荷叶儿、小莲蓬儿的汤"，凤姐为了让自己的宝兄弟能吃上这套做法繁琐的清雅美食，在荣国府里把人使唤得上下一片忙乱。

如今的莲藕，有点"旧时王谢堂前燕，飞入寻常百姓家"的味道。不用烦琐的烹调，不用鹿脯相佐，自有韵味，食法不同，雅趣不减。一碟凉拌藕片，鲜脆如诗中的平仄，韵味悠长；一锅排骨炖莲藕，像汉代的大赋，结构恢宏，其味醇厚。

悠悠长夏，何须水陆百品珍馐，居于乡村，时鲜小菜，俯仰可拾，雅趣自来。

谷雨食椿

"雨前椿芽嫩无比，雨后椿芽生木体"，是说谷雨节气前后刚好是香椿上市的佳季，是吃椿芽的最佳时节。椿芽也叫香椿、香椿头，民间有句农谚叫"三月八，吃椿芽儿"，是说农历三月吃椿芽，也是一个道理。

谷雨食椿，又名"吃春"，把鲜嫩的春色装入春盘，食入五脏六腑，是一件美妙而富有诗意的事。

"食椿"历史悠久，古人常以椿芽入诗记载寻常日子中的清欢和诗意。

北宋文学家苏轼在《春菜》一诗中，罗列了蔓菁、韭芽、荠菜、青蒿、茵陈、甘菊、菠菜等蔬菜，香椿赫然在列；"岂如吾蜀富冬蔬，霜叶露牙寒更苗。"眼前便浮现出仍在枝头的香椿芽，顶着翠嫩的红，叶片上滚动着宿露，在旭日微风中招摇，像一只小手挠着你的心，诱惑着你去攀摘。

元金时期的元好问在《溪童》一诗中写道："溪童相对采椿芽"。春色浓郁，馋嘴的儿童看到嫩生生的椿芽，已经等不及了，双双对骑树上，你一根我一根地采摘着。让我想起童年摘取椿芽的事儿。或许只要在庭院种下香椿树，每个时代的童年和春天都是大同小异的吧。

明代文人李濂为官数载，后罢归乡野治学，他在《村居》中写道："浮名除宦籍，初服返田家。腊酒犹浮瓮，春风自放花。抱孙探雀舟，留客剪椿芽。无限村居乐，逢人敢自夸。"写出了为了留住客人，他在和煦的春风中剪椿芽的田家村居之乐，其怡然之情溢于诗外。

晚清文人康有为《咏香椿》诗云："山珍梗肥身无花，叶娇枝嫩多杈芽。长春不老汉王愿，食之竟月香齿颊。"食香椿，齿颊整月留香，可见他对香椿的钟爱有加。

香椿食法多样。朱橚在《救荒本草》中记载着香椿"采嫩芽炸熟，水浸淘净，油盐调食"。

著名科学家徐光启在《农政全书》中称"其叶自发芽及嫩时，皆香甜，生熟盐腌皆可茹"。

戏曲家兼养生学家高濂则在他的养生专著《遵生八笺》中详细整理记录了香椿芽的吃法，如"香椿芽采头芽，汤焯，少加盐，晒干，可留年余。新者可入茶，最宜炒面筋，熘豆腐、素菜，无一不可。"

清朝的文学家和美食家袁枚也在《随园食单》中记载了香椿头拌豆腐的吃法，称其"到处有之，嗜者尤众。"

比起食香椿，幼时最喜欢的是爬树和采摘。像元好问诗中所言，爬上树，骑在树杈。大拇指和食指扶着香椿头，轻轻一折，便椿芽在手。

边玩边摘，很快就是满满的一把。轻轻拿在手里，像呵护宝贝，怕揉皱了嫩叶片。邀功一样跑到厨房交给母亲，若母亲说不够，再爬上树去摘，单单爬树和采摘，已经其乐无穷。

香椿有"树上青菜"之称。幼时不知其营养价值，只知道母亲变戏法一样端上一盘香椿炒蛋，很快被我们一抢而光。

学了医学，方知香椿除了丰富的营养价值，还具有味苦性寒、清热解毒、健胃理气等功效。因其味独特，对于部分肠道寄生虫还能够起到很好的杀灭作用。

童年的爬树和采摘之乐随着年岁的增长和居住地的迁移只能在古人的诗中回味。

年年谷雨时节，椿芽上市，农人用稻草一束一束整齐捆绑，远远看去，像紫红色的花，艳艳地开在春天。路过菜市场，总会买回一束，仿佛买回整个春天的诗意和美好。

回家做上一道春菜，细细地咀嚼着春光，品味着春色。在唇齿间四溢的汁液和香气中，把春天和健康留在舌尖，留在五脏六腑。

谷雨食椿，带着春天的香气，安然地步入夏。

外婆的"降暑神器"

夏意渐浓，暑威渐盛，这几天儿子放学回家，走得满头大汗，脚还没迈进门呢，就大声嚷嚷："太热了，太热了！"放下书包便问我："外婆什么时候才拿出她的'降暑神器'呀？"

外婆的"降暑神器"说来普通，花不上几个钱，制作也不是太复杂，名字也是一个泥土味儿。然而人不可貌相，物不可价量，如同艳丽的花儿常常没有香气，鲜艳的蘑菇反而有毒，所以甭看外婆的"降暑神器"名儿土，价廉，但味儿正，不矫情，不摆谱儿，年年酷暑时节妥妥地征服了儿子和我的心。

外婆的"降暑神器"其实就是"外婆牌绿豆汤"。

别小看这一碗绿豆汤，它是我们在炎炎夏日的念想，带给我们甜甜的凉爽和惬意。在儿子的嚷嚷声中，我也开始期望外婆早日拿出她的"降暑神器"，让我们清凉一夏。

外婆却一点儿也不着急，"说还没到时间呢，你们慌个啥。"

外婆没正经读过书，扫盲的时候上了几天夜校，勉强认得并描出自己的名字。但社会这所大学外婆读得通透，她说时间没到就一定是没到。

不过总得拿出理由说服儿子啊，儿子问她，立夏不就是夏天的开始吗？何况马上夏至了？外婆不紧不慢地说绿豆汤性寒凉，有一定的寒气，小暑之前人体仍然处于阳气上升之时，不适合吃绿豆等阴凉食物。还说人体的健康运行靠阳气养护，阳气不能正常运行，轻则身体异常，重则减寿。

我想起往年外婆熬上绿豆汤，总是午后时间才给我们吃，说下午是一天温度最高的时候，那才是绿豆汤的最佳品尝时间，此时喝上两碗，能缓解夏季炎热，起到消渴解暑、清凉解毒的作用。

外婆不仅对喝绿豆汤的时间有讲究，对熬制绿豆汤也是很讲究的。她先到超市挑选绿豆和薄荷，绿豆去掉杂质洗净，提前浸泡一个小时，薄荷洗净备用，将绿豆和薄荷放入锅中，大火烧开，调成小火加入冰糖将绿豆煮得软烂，关火焖半小时，取出薄荷，起锅将绿豆汤倒入青花白瓷盆，煮烂的绿豆沉在盆底，绿莹莹的汤在白瓷盆中映衬着好看的颜色。

外婆的绿豆汤不放冰箱盛放，说越是天热，越不能吃冰饮，吃时透心凉，贪图爽快，吃后伤胃伤肾，落下病根。她让我们温热时喝，说顺应脾胃，出一点微汗，一样消暑解渴，排毒效果更好。

我初时不信，试着喝后才发现温热绿豆汤的妙处，有点像喝酒微醺，毛毛汗后不仅暑热消了，身上的困乏也完全没了，整个人神清气爽。

十几岁的儿子正处于对冷饮偏爱的年龄，是听不进这些良言的，自个儿盛两碗放入冰箱，外面跑一趟回家，取出一碗，只听一阵哧溜哧溜声，瞬间就剩一个空碗。

喝过外婆的绿豆汤，一种凉凉爽爽的惬意蔓延到身体的每一个角落，一天的好心情也就舒舒展展地蔓延开来。

因为外婆的绿豆汤，觉得一年中出现这样高温肆虐的天气也是一件美好的事儿。

儿子的嚷嚷声再次响起时，我也不禁在心中默念，暑热，来吧，来吧，我们有外婆的"降暑神器"。

糍粑中秋

汪曾祺因办公所在地停电，偷空回了一趟家，一个人炒了二三十个白果，喝了多半斤黄酒，读了一本妙书。吃着白果，就想起了"阿要吃糖炒热白果，香是香来糯是糯……"

读到这段文字时，"糍粑，热糍粑，又香又糯……"的声音，由远而近，似乎稍稍停留了一会儿，又由近及远，那是大街上商贩小推车传来的喇叭声，从半开的玻璃窗飘来飘去。

汪曾祺笔下是炒白果的"香是香来糯是糯"，卖热糍粑者吆喝着的是"又香又糯"，在文字和声音双重的香糯味中，我蓦然惊觉，中秋的脚步近了。

老家地处西南，父亲总会在少有的稻田中种一点糯稻，收成后主要供中秋和春节享用。按照家乡的习俗，中秋打糍粑，春节煮汤圆，象征一家人团团圆圆，日子过得圆圆满满。每到中秋，金黄的稻子刚好收割完，正是"尝新"的时间。对我们小孩子而言，中秋的糍粑尤其值得期待。似乎从育苗种稻开始，到收割，到院坝摊开晾晒，然后背到打米房加工，整个过程都在想着天上那轮圆圆的月，家中灶台铁锅中妈妈正烙着的那个像月亮一样圆的糍粑。

天上的月亮圆了又缺，缺了又圆。在长长的期盼中，中秋节终于到了。

妈妈头一天晚上便将糯米洗净，漂去糠皮和杂质，浸泡在温水中。早晨起来，用筲箕滤去水，一粒粒糯米更加洁白、饱满，在筲箕中挨挨挤挤，像一颗颗闪亮的小星星，争先恐后地发出明亮的光芒。

小小的我踮起脚跟，凑近它们，闭上眼睛，深深地吸一口气，有一股微醺的米香。我和它们耳语，"别着急，魔术师妈妈很快就会把你们变成月亮，你们很快就会有月亮那温柔而迷人的光芒了。"

从那时开始，我便舍不得离开厨房，目光跟随着妈妈，看她怎样将小小的米粒变成月亮一样的糍粑。妈妈有时嫌我碍手碍脚，会赶我，"你看你那个馋嘴样，去去去，出去玩，还早得很。"

我甘愿退到灶后，讨好地对妈妈说："我烧火吧。"主动提出干一点儿活，妈妈就不赶我走了。

妈妈将满满的一筲箕糯米倒入饭甑子，我开始往灶中添柴。妈妈则去清洗那个一年使用一次的碓窝和杵。待一切准备妥当，甑子中的糯米也蒸得九分熟了。

将蒸好的糯米倒入碓窝后，就可以用脚驱动碓窝中的杵来击打糯米了。那时我力气小，只能在边上看。通常由爸爸或哥哥打糯米，妈妈则盛一点冷水，候在边上，时不时往碓窝中洒一点冷水，并翻动米团，说是刚蒸好的糯米"发烧"，需要降温。

击打后的糯米彻底消失了小星星的形状，变作米泥抱成一团。妈妈将糯米团放入簸箕，扯下一小团揉成圆条状，又将圆条状分成几份，再将每一份揉圆按扁，消失的小星星果然变成了一个个小月亮，发出明亮而圣洁的光。

妈妈将"小月亮"放入烧好的油锅中烙成两面黄，这才算大功告成。金黄色的糍粑散发出诱人的光，焦香软糯，让人垂涎欲滴，吃时要蘸上白糖黄豆面。白糖黄豆面的做法是将黄豆在铁锅中炒熟，磨细，加适量白糖。

期待许久的时刻终于到来，一家人围坐一桌，一人拿着一轮金黄色的"小月亮"，蘸一下白糖黄豆面，咬一口，香是香来糯是糯，真是又香又糯又甜。这是我整个童年少年时代中秋节的味道。

对 20 世纪 70 年代的农村来说，月饼是奢侈品。吃上月饼，是大哥参加工作后的事儿了。对我来说，月饼只是中秋的点缀，香糯甜的糍粑才是中秋的灵魂。

今年是大哥离开我们后的第八个年头。父母早已年迈入城，十几年不曾亲手打糍粑。

如今，城市里各种各样的月饼随处可买。又香又糯的糍粑吆喝声，在中秋前后也能听到。自家做的糍粑却成了奢侈品，儿时的糍粑中秋变成了我遥不可及的企盼。

袅袅炊烟起

假期带儿子回乡下奶奶家，儿子喜欢待在厨房，坐在灶门前的一根小板凳上，往灶中添加柴火。火舌舔着锅底，柴烟顺着水泥和红砖砌出的烟囱在青色的瓦房上袅袅升起。火势旺的时候，不需要添柴，儿子跑出去看一会儿炊烟，又回屋坐下盯着火苗，乐此不疲。

奶奶心疼地说，"出去玩吧，你看你！弄得灰头土脸的，衣服也弄脏了。"

儿子不愿意，非要占据着那个地盘，不时添柴，不时跑进跑出，看升腾的炊烟，看烧得旺旺的一灶火。奶奶只好听之任之，笑着给他封了一个职位——"烧火官"。

我觉得，儿子应该是喜欢看他自己制造出来的一缕一缕的炊烟吧？

对儿子而言，炊烟，毕竟是城里见不到的风景，是诗词里一幅的乡村图画。如今，他有机会亲笔写出古诗词中的诗情画意，岂肯轻易罢休？

与城市出生、成长的儿子不同，我却是伴随着炊烟长大的。

小时候初读陶渊明《归园田居》，"暧暧远人村，依依墟里烟"，我疑心布衣素服，满脸慈祥笑容的陶伯伯是我的一个邻居，不过比我早出生两千多年而已。他写的就是我们村啊，到了吃饭时间，家家瓦房上都是这样的炊烟，安静而清新，温暖而又亲切。

那时，跟着爸爸妈妈和比我大七八岁的哥哥上山干活，累了，哥哥便附在我耳边一阵悄悄话，他叫我提前回家，烧起灶火，让炊烟升起，然后大声呼喊，"回家吃饭啰，饭熟了。"

以一缕炊烟的形式提醒爸妈已经到了吃饭时间。凭着炊烟和我的呼喊，哥哥立马扔下农具，收工回家。爸妈通常会等农活告一段落才收工，待他们到家，简单的饭菜有时确实已经准备好了。当然有时还没来得及准备好，由于我在家中最小，爸妈也就不会过分责骂我。

稍大一些，到离家三四公里远的乡里读书，放学后一路小跑，远远看见自家房顶上的炊烟，那种踏实、温暖、喜悦的感觉，至今忆来，依然是不褪色的情愫，逶迤缱绻。

眼中的"袅袅炊烟一缕"，是妈妈在灶台忙活的身影，是我进屋即可吃到的热气腾腾的饭菜，是粗茶淡饭寻常日子中的期待和安稳。

有时放学迟了，过了饭点，远望未见炊烟，我的内心会产生一丝惊疑和不安，不由自主地猜想：家中没人吧？在近处的菜园干活还是到远山上去了？我又得在猪圈上的柴火堆中掏钥匙吧？好在开门进屋，总会见到灶台上满满的一碗饭，饭上面盖着小山一样的菜。

"一点炊烟时起"，是农户人家的日常，是庄稼人鲜活的生活，是山村的流年，是我回家路上最动人的风景。

在老瓦房冒起的袅袅炊烟中，我渐渐长大，又渐渐走出那个有着炊烟的村庄，进入没有炊烟的城市定居。

后来，举家入城，老屋的炊烟，最终定格成一幅淡淡的水墨画，带着浓郁的乡土气息，在我记忆的天空缭绕，里面满是家的温馨，亲人的爱，饭菜的香……

不知道儿子回乡偶遇的那一缕炊烟，又会成为他记忆里怎样的一幅图画？

煨秋

大半生不曾下厨的父亲六十岁入城后，接过母亲手中的接力棒，开始了他的"厨师"生涯，实现了"母亲主外，开荒种菜；父亲主内，买菜煮饭"的角色转换。

爱琢磨的父亲本着干一行，爱一行的原则，将厨事从陌生到熟悉，到得到母亲的认可，得到全家的点赞，堪称神速。一项工作从适应到擅长，时间长短因人而异，此处不表。四季各有特点，饮食顺应气候和自然规律而进行相应的调整，冬季未到，春夏已过，三季之饮食也略过。

秋天，天气转凉，阳气收敛，气候变得干燥，就说说父亲是如何在锅碗瓢盆的交响曲中应对秋凉和秋燥的吧。

《素问·至真要大论》中说，"燥者濡之。"即秋燥，宜生津润燥，养阴润肺。父亲没有读过这类高深的书籍，他只是刷刷抖音、短视频，偶尔看看朋友圈别人发的养生文章，获得一点知识，加上自己朴素的智慧，认为夏天丢失了过多的水分，秋天干燥，就应该多喝清淡营养的汤，慰劳滋补一下从苦夏中走过来的身体。

父亲觉得，两天不喝汤，心里就发慌。秋日滋补应以汤为先。应对秋季，父亲想出一"绝招"——"煨秋"，也就是煨汤滋补，进入秋日养膘模式。

"荷莲一身宝，秋藕最补人"。父亲最爱煨的是莲藕筒子骨汤或莲藕排骨汤。父亲常说，吃菜要吃季节的菜，现在正是秋藕上市的季节。于是，隔三岔五，家中的餐桌上便会出现一大钵藕汤。

煨汤时，"煨"字是关键，而且费功夫。父亲很有耐心，先用大火烧开，撇除浮沫，再调成微火慢慢地煨炖。"煨"字饱含了缓慢、温暖、安静、传统、爱等等意味，灶上的砂锅将悠长的时光熬出了绵厚的醇香，弥漫了整个屋子。想到吃饭时间一家人围着餐桌吃藕喝汤的温馨画面，父亲看向锅灶的眉眼里漾着暖暖的光。

父亲挑选秋藕有窍门。他说，煨汤的藕一定不要图白净面相好看，要专挑表皮有黑色麻点，颜色泛黄的藕，这样的藕如同一个上了一定年纪的老人，身体中储存了充足的风和阳光，有着岁月沉淀下来的味道，煨炖出来糯而软，粉而烂。至于白白净净，像个白面书生那种，好看是好看，就是生命周期太短，嫩而脆，不是煨汤的好材料，只适合炒藕片藕丁，或者凉拌。

选好的藕洗净后，父亲用刀背拍碎成自然块状，这样煨出来的藕汤色清不黑，也不会有铁的腥味。

父亲有时也煨冬瓜老鸭汤、南瓜绿豆汤、大白菜汤。这些汤的特点都是季节菜。农村秋后几乎每家的屋角都堆放着好多个从土地上收回来的老南瓜，老冬瓜，几乎家家菜园中都有一畦大白菜，可以交替着吃上很长一段时间。居住城里，这些菜价格不贵，还常常有亲戚赠送，菜市场也随处可见。父亲说，这些菜不仅物美，价格也美，如同一个凡人努力创造出最大化的价值，这些物美价廉的菜对身体的滋养也不能以价格来衡量。

俗话说，"秋天补得好，冬天病不找。"父亲以煨汤滋补身体，讲究汤品的变化，荤素的搭配，讲究滋补有方。已逾古稀的父亲在自己厨艺的调节下，身体健康而且减龄，怎么看也不像即将跨入耄耋之年的老人。

父亲用秋天的蔬菜变换着花样，煨出一锅锅好吃的汤，煨出绚烂的秋日，煨出最抚凡人心的烟火味。不仅滋养着自己和家人的胃，让全家度过一个温润的秋，从容步入冬的严寒，他还煨出了自己的"夕阳无限好"。

拐角米粉

也许是秋燥上火了，嘴唇在进食时被牙齿咬了一下，接着便是持续一周的口腔溃疡。也或许是先有了口腔溃疡（处于潜伏期），唇内侧微肿，于是被牙齿误咬，口腔溃疡才白热化。

总之，每次进食溃疡处都以疼痛的方式提醒我，吃的时候淑女一点，不要狼吞虎咽。

这天到了午饭时间，我临时想起疼痛和所进食物的关系，想着不需要咀嚼的米粉，哧溜一下从口腔吸入咽喉，疼痛或许要轻一点儿。想到了米粉，自然想到了拐角处的这家。自从儿子进入中学，我便没去光顾了，以前它是儿子的最爱，隔个三五天我和儿子总会去吃上一碗。

进入店内，老板熟稔地边打作料碗，边确认，"少放辣椒？"自从我和儿子第一次去，说了我们各自的要求——儿子是不要辣椒不要葱，我是少放辣椒，之后他便记在心里。每次我们去，他都是一边打佐料一边重复一遍，从不会弄错。时隔近一年，他竟然还记得我"少放辣椒"

的口味。这让我心里感到一点小温暖。在来来去去的人群中，有人如老友般惦记，是一种小幸福。

我依然临街而坐。陆续有客人进来，他在比厅堂高出几级台阶的灶前抬头看一眼，便一边打佐料碗一边问，"还是清汤？"，"煎一个鸡蛋？"原来他是记住了所有熟客的口味，他把这些熟客当作了家人。那么多客人，真不知道他是如何记住的。

这个店名虽然叫"拐角米粉"，其实位置不错，当道而显眼，门脸前面是一个比较大的广场，侧面是进入小区的通道。午饭时间，街上零零落落地走着不多几个人。小贩的喇叭声似乎也有几分昏昏欲睡，随着小推车的移动渐渐远去。

米粉端上来了。我觉得碗中的米粉量有点多，心中涌起一种被当作老朋友刻意照顾的喜悦和不安。偷眼看别人的碗，也是这样的量。刚涌起的一丝不安便消失了，喜悦还在。他家比别处临街店面的米粉量更多，价格还要便宜一元。做生意有些是加量又加价，有些是加量不加价，他却是加量还减价，真是一个实诚的老板。

想起每次和儿子来，一大碗米粉，儿子总是吃得干干净净，有时连汤也喝得一滴不剩。他还会问一句，"够吃了吗？"当然够吃了，在别处儿子吃不了这么多。儿子回答吃饱后，他又宽厚地回一句，"在长身体，要多吃一点。"

我慢慢地吃着，看着他趁着暂时空闲的一刻，弯腰在烟柜中找着什么（店门左侧放着一个小烟柜，老板顺便出售香烟）；看着他慢慢站直了身子，撕开一包烟，双手递了一支烟给快吃完米粉的爷爷。爷爷吃完米粉，并不急于离开，依然在位置上坐着，点上他给的烟。他问起爷爷读大学的孙子，爷爷说起孙子新买的八千多元的笔记本电脑，说才买几天就进水了。他关切地问能修吗？爷爷说买了保险，能修。

我一小口一小口地吃着米粉，听着他们慢条斯理地闲聊。街上小贩的喇叭声近了，又远了。碗中的米粉吃完后，我用筷子继续慢慢地寻着汤中的肉粒，将它们一粒一粒送入口中。他收拾了爷爷面前的米粉碗，有客人进店，他们中断了闲聊，他走上台阶，走到灶前，一边盛佐料一边确认着客人的口味。爷爷坐着不动，慢慢地吐出烟圈。我有一种天荒地老的感觉，仿佛折磨我的口腔溃疡从来不曾出现，仿佛我一直在这个店中，一边吃着米粉，一边听着街上的小贩声，听着老板和客人的闲聊，看着客人吐烟圈，看到客人慢慢地进店，吃完米粉或者坐一会儿，或者不坐，慢慢地离去。

第二辑

陌上花开缓缓归

油菜花开

进入三月，回到乡村，首先映入眼帘的便是油菜花。这儿一垄，那儿一畦，它们像黄色的火焰，熊熊燃烧着，寂静的村庄变得热闹起来。

多亏了这些油菜花，它们招来了蝴蝶，引来了蜜蜂，给山村带来勃勃的生机，把山野装点得绚烂如画，也给人们带来了花开一样的美丽心情。

记得小时候，油菜花开的季节，我家曾养过一群蜜蜂。不知是自动飞来，还是爸爸招来的。总之，巧手的爸爸做了一个小小的蜂箱，让它们在我们的屋檐下安家。

晴好的日子，蜜蜂像勤劳的农人一样早出晚归。它们嗡嗡嘤嘤地飞来飞去。飞到菜花地时，便只闻其声，不见其影儿了。我们在菜花地里追逐，有时用自制的沾满蛛丝的捕蝶网去扑蝴蝶。蝴蝶在菜花地里和我们捉迷藏。我们喜爱的黄色蝴蝶格外聪明，总是飞入菜花无处寻。蜜蜂我们是不敢也不会捉的，它针一样的刺威慑力足够大，被蜇伤了不但钻心地痛，回家还要挨骂，"你这个傻儿，蜜蜂也敢惹，活该！"

蜜蜂采花酿蜜，不会无故蜇人，除非感受到生命危险时，才会出于自卫而蜇人。

天快黑了，成群的蜜蜂自动飞回蜂箱，在暗箱中栖息，也是酿蜜。有一次，爸爸从蜂箱中取出一小块蜜，分给我们几个馋嘴的小孩品尝，那是我们第一次吃到真正的蜂蜜。它的甜与糖果、水果的甜完全不同，是蜜蜂和菜花、阳光和时间混合的味道，是蜜蜂到菜花地采风归来，作出的一首明亮而绚烂的乐曲。那味道在我们的舌头上缭绕着余音。我们傻气地想着，要是油菜花能四季常开多好啊，这样我们就有吃不完的蜂蜜了。

说不定爸爸也是这样想的。我常看他坐在田垄上，吧嗒吧嗒抽着旱烟，对着菜花笑。妈妈的心思我不知道。但妈妈常对着菜花说，开吧开吧，开得越好，籽儿就结得越好，今年的菜油我们就不愁了。

工作后举家入城，爸爸妈妈也不再种油菜。对油菜花，他们和我一样，却有着割舍不了的爱。油菜花开时，我们总爱回到乡村，以挖野菜的名义，看油菜花开，看蝴蝶飞舞，看谁家养着蜜蜂。

爸爸妈妈在菜花地旁，会和菜花的主人聊聊菜籽的收成，聊真蜂蜜和假蜂蜜的不同，说掺了白糖的蜂蜜和纯粹采油菜花酿成的蜂蜜，它们在味道和颜色上的差异。我在边上给他们拍照，他们注意到我的镜头时，会露出油菜花一样的笑容，妈妈还会忙不迭地比一个"V"的手势。

春天来了，趁油菜花开，步入乡间吧。嗅着花香，听着蜂鸣，看着蝶飞，你便拥有了花一样的心情，便感受到了蜜一样的生活。

李子花守候着的家

李树像山野纯朴的孩子。

在乡村，谁家不种上几棵李树呢？就像谁家都有一个野小子或者疯丫头。庭前屋后，田畔土边，勤劳的农民总会种上几棵，仿佛这样才有了家的样子。

栽下幼苗后，或许三年，或许五年，随着树干长高长粗，树枝婆娑，某一个春日，渐渐长大的李树便蓦然绽放。山村寂静的家也跟着热闹起来，蜜蜂嗡嗡嘤嘤地唱着歌儿，蝴蝶翩跹地旋转着各种舞姿。微风拂过，花瓣飘落。留在衣襟，粗朴的衣服似乎有了诗的韵脚；沾在发丝，简单的马尾或短发立即添了别致的发饰。

李树伴着山里孩子一起成长。幼时的我爱在花树下穿梭。细数着地上星星点点的花瓣，看它在清风暖日下轻轻地飞起，又轻轻地落下，好像一个要好的伙伴，永不厌倦地和我做着各种游戏。

进入学堂后，我与李花的嬉戏逐渐减少。它如约绽放和飘飞时，我正端坐教室，盯着黑板上老师的书写，听着老师的谆谆教导。李花与我，便隔着一扇窗子的距离，我在窗内，它在窗外。岁岁年年人不同，我变得安静了，为赋新词强说愁，李花似乎也变得矜持了一些，远远看去，一袭白纱，笼着自己的心事，任蝶游芳径馥，听莺啭弱枝新。

后来，离开村子，我与李花便隔着城市和乡村的距离。遥遥的山路，直而长的高速，我不但无暇看李花，还急于脱去身上李花似的乡土味。城市里美艳的玫瑰，富贵的牡丹，张扬的玉兰，它们吸引着我的眼球，我追逐着那些不属于我的美丽的幻梦。

玉兰高高在上，我只能仰视，不能一亲芳泽，待到大片飘落时，白色的花瓣粘着泥土，像谁弃置的丧服。牡丹雍容华贵，未尝贫处见，不似地中生。我和它隔着一个阶层的距离，我踮着脚尖，伸长脖子，只换得脖酸腿硬。牡丹从光华日盛到栏槛凋零，我只是一个过客。玫瑰仿佛一个伶牙俐齿的刻薄姑娘，它尖尖的刺嘲弄着我的懦弱，我只能远观。然而，它高举着艳丽的色彩，散发着浓郁的香味，依然哂笑着我来自乡村的逼仄与狭隘。

只有李花，在我离开乡村数十年的光阴，它替我守候着山村，守候着日渐颓圮的老屋。小小琼英舒嫩白，未饶深紫与轻红。无言路侧谁知味，唯有寻芳蝶与蜂。在我兜兜转转几十年后，蓦然回首，故人重复，它与我相对，两厢默然欢喜。小小的白色花瓣轻留我衣，轻沾我发，清香袭来，依然旧时滋味。几十年的时光，仿佛并未逝去。念书时的那扇窗子，离乡时迢递的路，它们变得虚化，似乎从未存在。只有李花，洁白依然，清晰如故，亲切如初。

李花浅白开自好，任我相亲和相离。因为李花，因为李花守候着的家，我必然会踏上回乡的路。

或许每个人的一生，都在寻找回家的路。

陌上花开

阳春三月，正暖风晴日，友人相邀到她的老家踏春赏花，说有菜花黄，李花白，桃花红，我欣然应约。

每天单位与家两点一线之间奔波，久未出行，就连近郊，也少有闲暇一游。春天来了，看花的心蠢蠢欲动。友人的老家离城不远，驱车不到半小时，时间和距离上正相宜，误不了工作，耽搁不了家事。遂与二三同车，择一周末而行。

车子驰出城，密集的高楼渐渐退去，乡村的气息扑面而来。散在的民居，一律白墙黛瓦，镶嵌在青山碧水间，像一颗颗明珠，在蓝天白云下，因着春日的映照而更加熠熠闪光。自车窗远望，辽阔的田野五彩斑斓，红、黄、白、绿各种颜色铺展延伸，像天公随意扯下的一段锦绣，做成丝巾，或是披肩，把三月的大地打扮得分外妖娆。

车子很快到达目的地，毋宁说我们是直接驰入了画中。车成了画中物，人成了画中人。

友人家是三层的小楼。楼前有方形的池塘，池中有游鱼戏水，可观赏，可垂钓，可与鱼同乐。池畔花开，高低错落，疏密相间，李花浅白，桃花粉红，三角梅红紫相映，芍药含苞欲吐。别的农家也是二层或三层的小楼，庭前房后都是或大或小，或方或圆的田园，种着碧绿的蔬菜，怒放着金黄的菜花。阳光不烈，微风不燥，我们在田间小径上缓步而行，一边呼吸着香甜的空气，一边欣赏着如天堂一般的乡野风光。间或一声或数声鸟鸣滴落衣襟，村子似乎更加宁静，画面却生动起来。我与二三友耳闻之得声，目遇之成色，取之不尽，用之不竭，在造物主的无尽藏中，尽享乡野之好。

土坎田畔，胖乎乎的野菜随处可见，行数步即可满载而归。友人用现摘的野菜、刚割的碧蔬、新咬钩的鱼儿做成鲜美的一桌，以飨我们。

看花，嗅花，饕餮春色，乡野的春天便以色、香、味的形式入驻我们的身体。陌上花开，可缓缓归矣。《西湖二集》记载：吴越王妃每年寒食节必归临安省亲，钱镠甚为想念，一年春天，王妃未归，至春色将老，陌上花已开，钱镠写信说："陌上花开，可缓缓归矣。"欲催归而请缓，寥寥数字，温婉缱绻。夕阳西斜，山衔落日，在无尽的乡野春色中流连的我们也必须缓缓归去了。无人来信，催归的是心中的惦念和牵挂。

如同来时念着花，归时念着一座城，念着城里的一个人。

一帘疏雨栀子香

疏疏的雨中，远远看见转角处的房檐下，那人蹲着，背篓边摆放着一小束一小束系好的栀子花。

三元一束，五元两束。花香怡人，价格也宜人。

有人说，栀子花如雪的花瓣和淡淡的清香中，有着初恋的纯洁和美好。有人说，栀子花是年少的情怀，有着少女的香气，让人想到岁月的芳华。

"庭前栀子树，四畔有枝丫。未结黄金子，先开白玉花。"年少时我家也养过栀子花。每到栀子花开，我便想起年少的光阴，想起曾为我养过栀子花的妈妈。

妈妈从来没有爱过我。为我养栀子花是唯一的一次例外。她把全部的母爱投注到弟弟身上，至少童年的我一直这样认为。

妈妈是传统的中国妇女，有很强的重男轻女情结，她的内心深处一直觉得生儿传宗接代，养儿防老。作为一个意外到来的女儿，迟早都要嫁为人妇，不过是还没有泼出去的水，在家中占着一个盆，日久生蛆，看着生厌。

有一年开学，学校要收五元的书本费。爸爸在外工作，我向妈妈要。妈妈走入内屋，打开锁着的抽屉，转身面向我时，她的脸冷若冰霜。接着，打骂如暴风雨一般劈头盖脸而下，我一下子蒙了。

"家贼难防，你偷了还好意思要。"

"我没有偷。"被妈妈拽在手中的我无处挣扎，忍着身上火辣辣的痛辩解道。

"不是你，难道是弟弟，你弟弟怎么可能像你这样？错了还要狡辩。"

泪眼蒙眬中，弟弟正缩着头在门外张望，我知道一定是他拿的。可我不能说，说了接下来妈妈的责骂我都能背了："你偷了不承认，还要赖你弟弟，我撕烂你的嘴。"

打骂持续到妈妈的怒气平息，但平息下来的妈妈并没有给我钱。我一直哭，一直哭，哭身上的痛楚，哭心中的冤屈，哭不能上学的恐惧。直到两个小时后奶奶看不下去了，递给我五元钱，我才边哭边跑着去上学。

我不知道妈妈确实认定是我偷的，还是知道是弟弟偷的，通过教育我达到教育弟弟的目的。

伴随着妈妈的打骂，我进入了中学。

一天，放学后，我随口对妈妈说，某某家的栀子花很漂亮，你能不能去折一根枝丫回来？听说栀子花好养，插在土中就能活。

让我意外的是，第二天，妈妈竟然把栀子花的主干给折了回来，折时还差点被人家的狗咬了。

栀子花的主干扦插在庭院的泥土中，当然成活了。二三年就长成一棵粗壮的树。

年年花开，一朵朵白玉似的花挂在枝头，气韵娴静，清雅可人，在翠绿色的叶片的簇拥下，像是备受宠爱的公主，娇俏地向着人笑。花香弥漫，每呼吸一口，仿佛空气都是甜的。

栀子花带给我一种很奇怪的感受。我喜欢它，又微微排斥它。年年盼着花开，年年怪它花期太短。它那么美，那么香，似乎属于我，又似乎不属于我。

它只是一个偶然，像随风飘落的种子，偶然在我家庭院成活，长成一棵婆娑的树？还是一个必然，从妈妈生下我的那一刻，便注定会有一树浓郁的花香永远在我的生命中摇曳？

过了许多年，举家搬迁，那棵栀子树也就归于新的房主。

雨疏疏地下着，眼前的栀子花和镌刻在记忆深处的香味一起，带着风雨和微尘的气息，缭绕缠绵。

行走中的蜡梅花香

初识蜡梅，初嗅蜡梅香，是在月夜，水边。先是暗香袭来，然后是清朗的月光照着轻轻浅浅的一弯水，如镜的水面摇曳着斜斜疏疏的梅枝。像一个临水梳妆的女子，身材苗条，姿容秀丽，松松绾着的发髻上散发出馥郁的香。

疏影横斜水清浅，暗香浮动月黄昏。没错，它是占尽风情向小园的《山园小梅》，它是从"梅妻鹤子"的林逋诗中走来的娉婷女子。进入我的眼帘时，它已迢递千年，漫漫长路的云和月相随，看尽了朝代更迭，繁华衰落，尝尽了人间冷暖，然而它一身毫无风霜之色，依然清丽如初，花色如新，花香如故。

蜡梅花从古诗中款款而来，香味氤氲着每一个诵读的人。我大约也是在吟咏的那一刻与它一见钟情，并相见恨晚的吧。

后来，居住的小园也有了蜡梅。只是，我匆匆行走的步履未曾在它面前停留片刻。春有百花开，夏有繁枝翠，秋有桂花香。我曾拍下玉兰翩飞的蝶翼发到朋友圈，我曾在夏日层次不同的绿色中迷醉，我曾停驻在一株秋桂下，久久地深呼吸，用它的香味荡涤我的肺腑，我何曾注意到小园中还有梅的瘦枝。我压根儿不知道它的存在！它淹没在三个季节过于浓密的香色之中。

然而，深冬的日子，烟雨霏霏，朔风瑟瑟，众木凋零，满园萧条。我独自在步道行走，心中难免有一丝萧索。走着走着，一缕冷香袭来。不需要深深地呼吸，那香具有穿透力，不邀而至，径直渗入我的每一寸肌肤，进入我的五脏六腑，冲刷去心中的那丝萧索。我终于和蜡梅不期而遇。

是初交，也是故人重复。心神荡漾之余，看着眼前的一树璀璨，心中是满满的感动。万物肃杀，众芳摇落，它兀自凌寒而开，无需蜜蜂伴唱，何求蝴蝶翩跹，更不必喜鹊献媚，甚至也不需要同根生的绿叶衬托。在数九寒冬，它登上一个人的舞台，轰轰烈烈地绽放，打破冬的冷寂。它用特有的花色和花香，给自己，也是给遇见它的人，甚至是给整个寒冬，送来繁华的春天。

我庆幸自己不惧严冬，行走在路上，才有了与这一树蜡梅的最美的相遇。

与蜡梅的另一次蓦然相遇是在人来人往的大街。

我不确定是先闻到暗香，还是先看到了那一背篓蜡梅花枝。

城市因为高楼林立，商铺相连而吸引着许许多多的人。街道因为各种各样的人行其间而显得分外热闹和繁华。在川流不息的人群中，她实在是太瞩目了。

她是一个农妇，然而又有别于传统意义的农妇。她不但耕耘着柴米油盐，耕耘着一日三餐，她还耕耘着美。平常的日子里，她除了种稻植蔬，她还莳花弄草。

和蜡梅一样清秀的她背着背篓，背篓中装着满满的、向天而立的疏疏的蜡梅，她手中也拿着一束蜡梅，行走在街上，一边行走一边出售。没有吆喝，浓浓的花香和疏枝上的团团黄雾就是最好的广告。她走到哪儿，香味就氤氲到哪儿，团团黄雾就弥漫到哪儿。她走到哪儿，那一手一背篓的梅香梅色就点亮到哪儿。因为她的行走，这个暗淡的冬日，街道处处是明媚的春光。因为她的行走，这个城市，便成了一座有香气的城市。

和她已经擦肩而过，我还一直回头朝着她的背影张望。我爱蜡梅，更爱种蜡梅的人。

谁说农妇不是园丁？谁说园丁不是诗人？谁说诗人不是园丁？

诗人用笔墨在绢纸上种下梅，行走千年，我有幸相遇。她和园丁用锄头在土地上种下梅，行走小园，行走大街，我有幸相遇。

行走中的蜡梅花香，若你也像林逋、像园丁、像卖花的农妇一样行走在红尘，总有一天你会与它不期而遇，并深深地感激每一次相遇。

三秋桂子味不同

三秋桂子，万点金黄，芬芳馥郁，在秋天的阳光下若碎金摇曳，如佳酿初揭，让人眼迷心醉。

三秋桂子，入诗甚众。诗人笔下的桂也是摇曳多姿，芬芳醉人，滋味各异。

朱熹的桂是"叶密千重绿，花开万点黄"，它枝叶稠密，碧绿精巧，花儿淡雅，小而多，一簇簇隐藏在枝叶间；它"天香生净想，云影护仙妆"，朱熹说桂本为天宫之物，由于某种因缘际会到了人间，成为人世罕有的香树，引得白云与它相伴，引得隐士为它疯狂。

向子諲的桂是"人间尘外。一种寒香蕊。疑是月娥天上醉。戏把黄云挼碎。"好一味寒香，好一缕挼碎的黄云。

任希夷笔下的桂则来自月宫，红尘栽种，熏得游人醉，花儿庄严而又妖艳："人间植物月中根，碧树分敷散宝熏。自是庄严等金粟，不将妖艳比红裙。"

李清照说桂花"何须浅碧轻红色，自是花中第一流"；华岳言桂是"世上无花敢斗香"；谢懋在《霜天晓角·桂花》中写道："绿云剪叶，低护黄金屑。占断花中声誉，香与韵、两清洁。"

"移从月中来"的桂树，如今已是"昔时王谢堂前燕，飞入寻常百姓家"。每到秋来，从城市到乡村，从公园、小区、行道树，到农家庭院，无处不见桂花，无处不闻桂香。似乎走到哪儿，都能与它撞个满怀。我们仰望的月中之桂，已然繁殖成扎根泥土伸向天空的绿荫；三秋桂子，已成为寻常百姓寻常日子中的诗意。

秋天因为桂花独一无二的香与韵，堪称四季诗中最美的篇章。

每当秋来，我常在某个闲来觉日长的好时光中，漫步桂下，细嗅一枝香。偶尔我也折取一枝回家去，插入小瓶满室香。有时我也将桂花的香色入诗，在文字中记录下尘世细碎如米粒般的美好。

前年报社组织我们采风，正是晴空高远，金风送爽，秋日胜春朝的日子。驱车途中，不期然间一股甜津津的香味悠悠然从车窗飘入，进入我们的胸肺。我们忍不住惊呼"桂花"！很快，人行道上成排的金桂跃入眼帘，米粒样的花儿在碧绿的叶子中若隐若现，远远看去，不甚分明。然而馥郁的香味四溢，像一位高人，不露形，却名声远扬，让人于"久仰"之中迫不及待地一睹为快。

带队的周主任也是性情中人，颇解人意，当即让师傅停车。于是我们纷纷下车，与桂相拥。一看二嗅三拍照，三个女人围着一棵桂树，一棵金桂三朵金花，同行摄协的老师拿着相机将我们对桂花的痴迷美美地定格下来。我题了一首绝句发圈，说百花盛开的春日，桂树春心紧闭，它在枝叶纷披中淡定地蓄养着自己的力量，待到秋天才倾情绽放，送给世人一树远胜黄金的宝贵的美。其中一文友有感于桂花的"暗淡金黄体性柔，情疏迹远只香留"，说桂花有着文人的风骨，要写一篇关于桂花的散文，应是早已成章。

去年我以一首五律记下了桂的国色天香。

今年又到了金桂飘香的季节。"江南忆，最忆是杭州。山寺月中寻桂子，郡亭枕上看潮头，何日更重游。"白居易念念不忘的山中桂子，正香飘天外。那个有月、有桂、有潮头的杭州，他却不知何日可重游。我年年在桂花树下细嗅一枝香，淋一场桂花雨，记录下一些心情文字，可算重游？

三秋桂子，芳香迷人，诗味浓郁，然而年年花开花相似，岁岁看花人不同。即便也买桂花同载酒，终不似，少年游。

第三辑

书香有味细细品

读闲书消长夏

热浪滔滔，溽暑难耐，何以遣长夏？

不妨寻一阴凉之地，执一闲书于手，在文字的赏心悦目中以凉月浴心，享清风拂面，听松涛阵阵，以泉声濯耳。

书是自己喜欢的闲书，没有考试分数的压力，没有功名利禄的束缚，这样才能轻松愉悦地步入每一个文字，并在文字营造的情节或意境中陶然自乐。掠过一行一行字，翻过一页一页书，在字符中欣然前行，卸去久负的担子，步出尘世之嚷嚷，忘时日之炎节，忘路程之远近，走着走着，视野和身心不觉豁然开朗，泉水叮咚，松风撩衣，见平日未见，闻平日未闻，想平日未想，恍然有如入桃花源之惊喜。

逢着碎片化的时间，选一仰慕的古人，读两三首诗，或一二阕小令，尚有古人。所谓碎片化时间，于欧阳修是"三上"，即马上，枕上，厕上，今人则可读书于"三等"——等车时，等人时，等睡时。在四句或八句的古诗或小令中与古人结伴而行，短短一程，或赏月，或山行，或思乡，或怀友，不一而足。有凉月在天，清光满地；有"蝉噪林愈静，鸟鸣山更幽"；有"中庭地白树栖鸦，冷露无声湿桂花"；有"永怀愁不寐，松月夜窗虚"……在古人的胸襟与境界中，见凉月，浴清光，听鸟鸣蝉噪，感山林的清幽阒寂，于一地霜白中，听乌鸦在古树上声渐消，闻冷露湿桂，与不寐的古人同榻，察松月从窗罅照入，满目的凉、清、寂，哪儿还有什么炎蒸？

最好是时间充足，择绿树阴浓处，或一人一室，总之躲进成一统，便能体会到"夏读书，日正长，打开书，喜洋洋"之乐。彼时，一卷在手，管它篇幅长短，任它体裁小说诗歌散文，喜欢就好。也无论经典还是通俗，严肃或是轻松，手持一书，或斜倚，或歪坐，或小站，或半卧，以自我感觉舒适为宜，随心变换姿势，一人而已，也就无需顾及他人之感。悠然地把目光和思想放逐到字里行间，心会神凝，"思出宇宙外，旷然在寥廓"，倏忽凉风徐来，心灵上的宁静和清凉不觉悄然而至。

古人深得消夏妙方。长夏"身热汗如浆"，自执一卷度炎夏。南宋王景文坐苍苔读书："书千卷，文百家。坐苍苔，度长夏。"唐朝诗僧惠洪则是"南窗梦断意索寞，床头书卷空纵横"。北宋大臣蔡确的暑夏："纸屏石枕竹方床，手倦抛书午夜长。"

盛夏消暑的最高境界是心中宁静，宁静化暑。全神贯注于自己喜爱的闲书中，心自然静下来。正所谓"宁心无一事，便到清凉山"。

记得小时候的夏日，总是倏然而过，哪怕劳作时偶有被烈日晒蜕皮的经历，也未觉得暑热难耐，长夏难熬。原因是每天午后的时光，我总能想办法避开母亲的絮叨，进入我一个人的世界。

父亲在猪圈上放置木板，成简易夹楼，堆放杂物，无意中那里成了我避暑消夏的佳地。我躲开家人的目光，腋下夹一书，悄然爬入夹楼，端坐柴火堆中，打开书本，浑忘一切。下有猪声哼哼唧唧，猪粪氤氲缭绕，蝉在高树上聒噪，蜜蜂在菜园中嗡嗡嘤嘤，我自沉迷于手中的文字，除了墨香，除了文字中的精彩，我什么也听不到，什么也嗅不到，什么也看不到。真是两耳不闻窗外事，一心只读手中书。风从屋檐的四面袭来，竟是好风如水，清景无限。至今思来，那些逝去的夏日亦是无比清凉。

　　儿时的经历让我养成了以闲书消夏的习惯。每到夏日，一书在手，自得清凉境。

　　书自凉爽不须扇。

儿子的枕边书

儿子最早的枕边书，是《格林童话》,《安徒生童话》。

那时儿子尚小，不识字，枕边书是我强加的意愿。为了哄儿子入睡，我将书本放在枕边，伸手可及。有时儿子很乖，安静地躺在床上，不哭不闹，我就坐在儿子身边，打开一本书，念上几页，儿子在我低沉的声音中盯着我一张一合的嘴巴安然入睡；有时我将儿子抱在怀中，让儿子胖乎乎的小手和我一起翻书，翻到一页读上几行，再翻到别的页面读上几行，像是和儿子共同玩着翻书识字的游戏，困了，合上书本，依然放在枕边，和儿子一起入睡。

人生识字忧患始。初入学校，识得几个字和一些图案后，儿子的忧患大约就是怎样得到自己喜欢的枕边书吧。那个阶段，儿子有了强烈的自主意识，对我推荐的一切童话书坚决拒绝，不过也表现出从众心理。为了得到我的支持，如愿实现他自己的枕边书，常常用软糯的童声给我讲，东东有《熊出没画本》,琦琦有《小猪佩奇》,西西有《天线宝宝》等。待我将那些书一一给他放在枕边，儿子便露出高兴的神情，带着极大的满足翻翻这本，又看看那本，睡觉前还爱惜地将它们堆放整齐，面朝着一堆书入睡，仿佛他自己挑选的那些书是他的小伙伴，陪伴着他一起进入梦乡。常常睡着了，脸上还挂着甜甜的笑容。有时不知道是梦到了熊大熊二还是佩奇，儿子在梦中"咯咯咯咯"地笑出了声。

小学四五年级的时候，儿子的枕边书又发生了变化。那时儿子识的字越来越多，竟然爱上了历史故事。枕边书从绘本渐渐过渡到文字为主，带有少量插图的历史类书籍，更多的是几百页厚的纯粹文字版类历史书，比如《岳飞传》《后汉书》《史记》《二十四史》《三国志》等，不一而足。我偶尔翻翻，感觉头大，从未完整看过一本。儿子常常将新买的书放在枕边，做完作业，或是寒暑假时，倚着床头，看上半小时一小时不等。看着看着，突然问我，某某朝代某某宰相怎么样，某某奸臣怎么样，我常常茫然不知。

如今进入中学，儿子的枕边书更加多样化，以历史类书籍占主导，有混知的半小时漫画历史系列，有《明朝那些事儿》《宋朝果然很有料》《这个清朝太有意思了》等各个朝代的通俗历史故事书，又有如何控制情绪类的书，还增加了《从零开始读懂量子力学》《时间简史》《物种起源》《相对论》等比较深奥的书。询问儿子能否读懂，回答说勉强能看懂。前几天儿子竟然挑选了《资本论》，《博弈论》，《国富论》，《经济学》。说实话，这些书我是一本都没有读过。我不知道儿子到底能读懂多少，书中的营养能吸收多少，想到我小时候读背的那些诗文，当时也是不解其意，如今再回忆起那些内容，竟然发现随着岁月的增长，其意自解。人生确实是没有白走的路，各个阶段走的每一步都算数。

从婴幼儿时期的由我决定，到入学后的自主选择，儿子的枕边书换了一茬又一茬。但不管怎么换，枕边永远堆放着书，常常是新书叠旧书，更早的书则退出枕边，放入书柜。

枕边书伴着儿子成长，儿子早已习惯在书香缭绕中入睡。读过的许多书儿子早已忘记，但我相信读书如同吃饭，这么多年来，我们对吃下去的无数饭菜也不曾记得，但正是那些饭菜，它们化作我们的骨头，成为我们的血肉。读书也是这样。杨澜也说过类似的话，读过那么多书，大部分都会忘记，节目里也不一定用得上，但是正是忘掉的过程塑造了一个人的举止修养。

于是，对儿子的枕边书，我做永远的支持者。

山河文字恰恰好

山河奇异险峻，横空出世，跟着作家吴景娅的高跟鞋橐、橐、橐穿行其中，煞有介事而大步流星，像仗剑走天涯的侠客，豪迈中自有优雅。

这是我读《山河爽朗》的第一感觉。

这种感觉诱惑着我沏一壶，于茶水氤氲中慢酌细品，茶香味浓，山河文字恰恰好，熨帖了肠胃，也熨帖了身心。

她的文字中有山河，更有给山河加持灵气的人文。在她的笔下，人文与山河悄然相逢，浑然相融，成就了人世间最美好的际遇。

她写曾家岩，更写被戴笠"藏娇"般地藏进了雾气深重的杨家山公馆和别墅中的蝴蝶。写中山四路，也写中山四路上挽手行过的乔冠华及其夫人。写歌乐山，写一座山中的一个人，写一个人一生的画，写一个人对一座山一生的情。写武隆的芙蓉江，写花蕊夫人，如芙蓉花开，舒展明丽，有自己的坚强；写衣冠冢，写长孙无忌死在江口，托付给了这个厚道而美丽的地方。跟着她的文字，醉美于人文，沉恋在山河，一如听着故乡的痴恋者说着最动听的情话。

她写大圆祥博物馆（位于璧山）。设想中国的乡村若有了图书馆、古指纹般的博物馆，乡村之魂也就不会远走他乡，乡村也不需要呼唤魂兮归来。她写川剧交响乐，东方式的妩媚间，长袍大袖里蕴藏着的力量——不断闯滩的力量。

她轻逸的笔触下，有着厚重的情思。

她深爱着哺育了她的这片山河，却爱得理性而节制，用最轻逸的笔触书写最厚重的情。所以她看到鹅岭不能被阉割与整容，这是鹅岭的尊严。身处被篡改的鹅岭，她是一个正直而清醒的文人，悲愤而又无奈，只能别过头去，不去看那些古与今滑稽的嫁接，不去看水泥和马赛克如何理直气壮地进入一个艺术家的身体而毫无犯罪感。她对那些拥有奇怪审美情趣的管理者有愤愤之火。

她以儿童的顽皮和少女的轻盈笔触来书写对北碚的爱。写父亲到渝中区，第一个动作便是抽动鼻子，嗤嗤两声，表达对逼仄的一切——空气与空间的拒绝；写父亲回到北碚，尘埃落定般地踏实，天真地笑着，说话哐砸有声，并以少女般的情怀为北碚写了几十首长诗短韵。她写这座少女之城，老做着水灵灵的梦，把它比作苏州。写父亲生在北碚，死后托梦把他的骨灰撒在金刚碑一带的嘉陵江中，父亲的灵魂得以长憩北碚；写她人生的二分之一属于北碚。字里行间满满都是两代人对北碚的深情厚谊。北碚是父亲，也是她生死相许的地方。

她的语言有沉淀的雅致，也有烟火的时俗。

作家毕星星说，我们这一代人面临的语言环境，新中国成立后大陆的白话文，从思想到形式，都是被改造漂洗过的语言，直白且有暴力感，少了文言千年涵养的那层珠光。语言粗糙，单薄，浅白，达意而已，谈不上美感。吴景娅的语言有一种岁月沉淀的雅致，有一种主动传承的悠悠古风。

她想象到重庆巡察的清初名将张鹏翮——这么个集文学家、诗人、教育家、水利专家、外交家于一身的人物伫立于朝天门：江风或许会吹动他的胡须（假若他也像关云长一般蓄着性感的美髯），吹动他的官袍，吹动他像江边水鸟倏然飞过的灵感，他也会涌动出二三百年后青年诗人海子的诗情，面朝浩瀚无边的水域，内心一片春色，开得桃红李白；或者，他会受朝天门暮色的诱惑，陶醉在一片"渔灯明远近，树色隐青葱"的意境里，感受真切的家园之感，不再天涯畏影单。作家的文中有诗，文中有画，文中有境，朝天门的暮色下，江风拂动张鹏翮的官袍，一如眼前。

她写鹅岭——湿漉漉的岩崖上青苔繁荣、野菊丰茂。黄葛树下根须虬曲，四处蔓延；黄葛树上老树新芽，换了人间。词句典雅凝练，讲究平仄，上下对仗，如辞赋中的隔句，如诗联，弥漫着一股诗赋的氤氲，铿锵有韵，如珠玉落盘。

然而她的雅致不是高高在上的阳春白雪，更不是养在深闺无人识，她有烟火和世俗的一面。或者说她的雅致根源于山河，根源于生活，与山河血脉相融，紧跟时代，同烟火把手言欢。

她笔下的山河爽朗，人也爽朗。

一方水土养一方人。重庆山河哺育出的重庆人，从小到大都是肝精火旺的，再老，也是崽儿兮兮的。重庆的山河说，蜀道之难难于上青天，畏途巉岩不可攀。重庆人说，重庆崽儿要汲取九万里风鹏正举的力量，要会当凌绝顶。

她写出了山河的灵气和魂，也写出了山河不断闯滩的力量，和生机勃发的未来。

武隆绵扎的豆干在字符间氤氲着淡然的香。白马山的绿在笔下流淌，山上的一石，一院，一狗，一人在她的墨间摇曳。巫溪依旧在哺育和歌咏神话。黄桷坪挺胸收腹，大步向前，像所有雄性进攻者。她笔下的红桥——从来都不是什么科比或大蝙蝠，更不是其他。它就是个重庆崽儿，站在那里，抄起双手，嘴角扬起挑衅的微笑。

大门无形，大道无形。无形的门朝天开，朝着重庆人艰难的命运和不屈的人生开，开出了嘉陵江和长江的滔滔不绝。山高坡陡，地势险恶，无形的道上走出重庆人的吃苦耐劳，走出重庆人的千秋万代，也走出重庆城的欣欣向荣。

在《山河爽朗》中游历山河，我见山河多妩媚，料山河见我亦如是。

在《山河爽朗》中与山河重逢，很幸运，我是重庆人，重庆的山河孕育了我。

慢品时光

林清玄说:"好的围棋要慢慢地下,好的生活历程要细细品味。"看到这句话时,我正在啃一根玉米。

我试着改变饕餮美食狼吞虎咽的习惯,放慢了咀嚼和吞咽的速度,让玉米的甘香软糯同唇舌贝齿尽情缠绵。细品之下,每一次咀嚼爆裂玉米粒开来时,都有极少的甜汁渗出,滋润着舌齿,那种浅浅而满足的喜悦,犹如一朵花接着一朵花的绽放,花瓣上映着朝阳的露珠轻轻摇曳,安详闲适而动人心旌。那一刻,浅笑安然,时光温柔以待。

玉米还是常见的白糯玉米,不过是在吃的时候,我放慢了速度,投入了身心,动作慢下来,心情慢下来,时光也跟着慢下来,便获得了同平常不一样的滋味和体验。

林清玄所说的细细品味,其实是一个慢的过程。

古人说"欲速则不达",也是要求我们慢下来。苏轼慢下来,便有了名篇佳作。他在黄州之贬的第三年,某日夜饮,醒复醉,迟归,敲门无人应，家童鼻息雷鸣，苏轼索性倚仗听江声，得《临江仙·夜归临皋》，从此"长恨此身非我有，何时忘却营营"、"小舟从此逝，江海寄余生"之佳句千古流传。苏轼朋友王巩因受"乌台诗案"的牵连，被贬谪到岭南荒僻之地的宾州，歌女柔奴毅然随行。王巩北归，与苏轼小聚，柔奴向苏轼劝酒，苏轼问："广南风土，应是不好？"柔奴答曰："此心安处，便是吾乡。"歌女慢下来，蛮荒之地亦如家乡。

慢下来，才能收获一段真情，感受一份绵长的思念。崔护慢下来，"去年今日此门中，人面桃花相映红"。一年后重回旧地，"人面不知何处去，桃花依旧笑春风"，有着说不尽的思念和怅惘。小王子慢下来，与一朵花朝夕相处，给它浇水施肥，给它捉虫剪枝，给它盖玻璃罩，倾听它的抱怨和吹嘘，甚至倾听它的沉默。后来小王子离开那朵花到了其他星球，才发现世界上的玫瑰有千千万万朵，却只有那朵他浇灌呵护过的花才是心中独一无二的玫瑰。木心慢下来，说："一生只够爱一个人。"

慢下来细读一本自己喜爱的书，书的思想才能真正融入血肉，起到滋养自己的作用。慢下来写一首诗，"两句三年得，一吟双泪流"，或许那一首刚好是成就自己的诗。慢下来花一生的时间创作一本书，马塞尔·普鲁斯特患哮喘病，一生创作一部作品——《追忆似水年华》，他却因这部唯一的鸿篇巨制而永垂不朽。

小时候的村居生活，是自然的慢。土屋三间、菜园几畦，炊烟一缕，篱笆数道，云霞满山、繁星一天……日日与清风明月为伴，与湖光山色为邻。知了声声，叫着夏天；蝴蝶翩翩，舞着花光。慢，像午后的暖阳，慵懒散漫。

后来，不知道是时间走得太快，还是我们走得太快。随着想要的越来越多，繁杂的心追逐着那些求而不得的东西，我们的双眼逐渐模糊。我们奔跑着生活，生活却离我们而去。我们刷着抖音，享受着几秒钟的快感，留下长久的空虚；我们吃着美食，却食而不知其味，只是惯性的需求和吞咽；我们到达远方，却只是拍照发圈炫耀，地方特色人文特点我们通通一无所知。

人生是一个见自己，见天地，见众生的过程，我们在来和往的路上，总是操之过急。其实，只要终点是我们所渴望的方向，走得慢一点又有什么关系？

慢慢走路，才能看清沿路的风景；慢慢咀嚼，才品得出食物的美味多汁；慢慢生活，才能给你带来甜蜜的悸动。

慢，是一种人生态度，像山涧的溪水，静静流淌；慢，是一种内在的心境，像湖中的明镜，波澜不惊。

慢下来，不是逃避，更不是怠慢，只是按照自己的节奏和步伐，沉住气，静下心，细细品味一段静好的时光。

书中纳清凉

暑假刚到，儿子便将他的暑期书单口述与我，"妈妈，我要选一本历史类的漫画，一套趣味物理，两本名著。"

儿子的理由很充足，下学期要学物理和近代史了，暑假读相关的课外书，可以提前打下基础，而读名著是暑假作业之一。待儿子在网上选定他早已计划好的书籍，我只能乖乖输入支付密码。

好在有了他想要的书，炎炎夏日，足不出户，儿子怡然自乐，自得清凉。

工作日正常上班，杂事颇多，无暇顾及儿子。下班回家问他："今天怎么过的呀？"儿子回答："看书，做作业。"

周末想着带儿子到山上消暑纳凉，儿子反问："家中不是挺凉快的吗？去那儿干啥？"反问小能手的拒绝就是这么彻底。

于是一人一书一桌，各自安好。每读到趣味处，便以"你知道什么什么吗"的方式进行分享。当然，实质是炫耀。对方答曰不知道时，心中甚喜，又得良机显示本人之学识渊博。洋洋自得滔滔不绝的阐述中不由自主地流露出我之学问胜于你的意味，必引发一番热烈的讨论，然后谁也说服不了谁，最终低头转入各自的书本。那热烈也不过是奔腾的溪水飞珠溅玉，心上激起的是舒爽。须知，自己喜爱的书有安神、清凉之功效，简称"清凉书"。

手执"清凉书"，便如幽居于避暑阁。爱好历史的儿子穿越到阳明小洞天，洞内宽敞明亮，洞口青苔苍绿，藤萝密布，更有参天古柏掩映，凉风习习，烈日避让，热浪止步，妥妥的一个避暑阁，是修身悟道的佳处。在洞中，悟得心即是理，心外无物。格物致知，心外无热浪，心外无暑气。热浪和暑气在室外，书中自有"避暑阁"。

手执"清凉书"，如一小口一小口地品尝冰激凌，香甜冰凉，舍不得终结。一卷看完，翻回引人入胜之页，继续回味，如拿着空空的冰棒棍，不忍弃之，复以舌相舔。神游书中久矣，眼倦抛书，戏问儿子："想吃冰棍否？"儿子说："好啊，你出去买？"答曰："谁想吃谁出去买。"儿子道："那还是算了。"继续拿起书本，相对静坐。烈日高悬窗外，书中自有"冰激凌"。

手执"清凉书"，如得阴凉地。盘膝而坐、斜倚一物均无不可，仿若繁枝蔽日，清风送爽，无汗流浃背，无热血沸腾，无市声喧嚣，无红尘扰扰。文字滤去了燥热和喧声，周遭的一切安静下来，清静下来，静下来的心缓缓步入精神的"清凉世界"。休息时抛书身侧，或取平躺模式，或是打一个滚儿，如在阴凉地的草坪上一样自在。酷暑是书外的，书中自有"阴凉地"。

就这样读书消夏，书中纳十分清凉，暑气在书香氤氲中消释，一如秋月清辉满室，一如春花烂漫清芬。

假期至，每见朋友圈的家长发表心情文字：神兽出笼，各回各家，各气各妈。其实，想神兽归山，实有妙计，买几本他喜欢的书，一入书海，纳得清凉，如入森林，如归深山，何忧之有？

25、浅夏清欢

林清玄的清欢，是清淡的欢愉。周作人的清欢，是日用必需的东西以外，必须有的那一点游戏和欢乐。有了它，生活才觉得有意思，比如看夕阳，看秋河，看花，听雨，闻香，喝不求解渴的酒，吃不求饱的点心……

可见文人眼中的清欢，是物质上的小小满足，是一种小美好的不期而遇，是某种心境的契合，是从不起眼的一点好中得到的精神上的愉悦。如此清欢，人人皆有，四季可逢，只看一个人是否被物质欲望绑架，是否保留一颗敏感多情的心去感悟每一个寻常日子。

不信，盘点浅夏，便有清欢二三。

浅夏闲读，是为清欢。此时轻寒已退，暑威未至，静坐小室，无空调之凉意扰扰，无火炉之烘烤昏昏，执一书在手，不求甚解，每有会意，便欣然忘食。闲读之时，亦可走神，听鸟雀呼朋，看松竹摇窗，凝神远山黛色，沉醉高空瓦蓝，心有白云舒卷自如，恬然自乐，不觉日已西斜。

浅夏闲读，亦可于一方树荫之下。彼时花影自主主张，成为一页一页的插图；清风不识字，也来乱翻书。无妨，跟着清风的节奏，翻到哪页读哪页。随着摇动的花影，看几行文字，瞄一眼插图。倦了，抬望眼，各种层次的绿盈目，蝉声鸟鸣绕耳，蝶舞蜂飞中打一个盹，或如庄周，彩蝶入梦，不知此身是蝶，或蝶化作此身矣。这既是闲读的清欢，也是逍遥于初夏妙境的清欢。

浅夏食鲜蔬，是为清欢。苏东坡"雪沫乳花浮午盏，蓼茸蒿笋试春盘"，试春盘，吃春菜，几碟野菜，一盏清茶，便觉有味是清欢。四季之中，蔬菜瓜果之多，味道之甘美，犹以夏为胜。伴随着夏天的来临，瓜果蔬菜纷纷登场。炒一盘嫩南瓜，青绿怡人，翠嫩清香入口，齿牙欢呼，味蕾轻舞；清煮一盆莴笋，绿意盈盈，叶片在清澈的汤中沉浮，夹一筷子入口，如同咀嚼人生的沉浮，淡然怡然。不用说蚕豆的软糯，黄瓜的脆嫩，番茄的酸甜，时蔬品种繁多，不一而足，俱得夏日阳光清风雨露滋润得好，入目入口皆是欢喜。黄庭坚说身健在，且加餐。舞裙歌板尽清欢。我觉得日日鲜蔬小菜，甘之若饴，没有舞裙歌板的热闹，也可尽得清欢。

浅夏换装，是为清欢。夏日初临，脱下厚重的冬装和抵御轻寒的春衣，换上浅色衣裙，露出白生生的胳膊和腿，一双浅色凉鞋或白色运动鞋在大街上轻舞飞扬，走出初夏的曼妙多姿，这是清欢。

浅夏逢雨，亦为清欢。走在大街，意外逢雨，无处可避，无伞可遮，索性淡然徐行，任雨丝润衣，也润泽蒙尘的心，欣赏水花在水泥地上的绽开，烟雨任平生，这是清欢。

唐代冯贽在《云仙杂记·少延清欢》中记载："陶渊明得太守送酒，多以春秫水杂投之，曰：'少湮清欢数日'。"陶渊明家贫，又不愿为三斗米折腰而出仕为官，三餐难继，偏偏嗜酒，于他而言，酒是奢侈品。偶得太守相赠，便以春秫水掺入，这样就可以多喝几日，多得几日的清欢。每读于此，便莞尔，人间清欢易得，红尘欲望难去。身心不受名利羁绊，不受荣辱萦牵时，何处无清欢？喝着兑了水的酒一样陶然欢欣。

失意时泰然，得意时淡然，平凡时坦然。在平凡中品出甘甜，琐碎中咂出美好，遍地鸡毛中发现小确幸，把每一个季节的初临，看作上天对我们的眷顾，把每一个日子的开始，视为上天对我们的馈赠。如此心态，如此生活，浅夏日日有清欢。

是曰，今夕亦何幸，重复接清欢。

过一个书香国庆节

每年国庆节，我总会提前策划出旅游线路，收拾好行装，节日来临，便迫不及待地带着儿子，奔向远方。仿佛不做一次远行，便不足以表达对祖国母亲的感激和赞美之情，也称不上"庆祝"二字。

当然，旅途中的舟车劳顿和景区排队，因聚焦于一年一度的期盼和兴奋，如同照相一样，它们被虚化了。

今年由于值班值守及其他原因，便和儿子商量，咱们不再外出，过一个与往年不同的国庆节，在阅读中来一次精神上的旅行，于书香氤氲中庆祝祖国华诞。喜欢看书的儿子欣然同意。

儿子喜欢历史类书籍，他找出暑期买的《二十四史》《时间简史》《资本论》《国富论》《红星照亮中国》等书籍，和课本作业一起，堆放枕边。上午做作业，下午看书、到小区打篮球，晚上看书。

我偏爱文学类书籍，拿出之前买来的《卡夫卡中短篇小说全集》、斯蒂芬·金的《创作这回事》、刘亮程的《一个人的村庄》、张宏杰的《曾国藩的正面和侧面》，林语堂的《苏东坡传》。其中有好几本已经看完，但值得重温，有两本才开头，正好借用这个节日，在古今中外的文字长河中尽情地遨游一番，愉悦身心的同时，提高自己的文学素养。

看书之前，我习惯沏上一壶茶。现在是秋天，秋燥养肺，我泡上润肺的花茶，摆上两个小茶杯，拾起一书翻阅。茶的幽香、书的芬芳，弥漫开来，整个空间都氤氲在一种难以言说的美妙之中，让人的心也变得清澈而宁静。渴了，自斟自饮，茶汤滋润唇齿；倦了，眺望高空的白云和远山的黛色，调节双目；累了，站起来伸伸腰，舒展肢体。

有时，从儿子的一句"你知道什么什么"开头，我和儿子会从各自所看的书本中抬起头来，探讨一下古代史，近代史，甚至当前的国内国际形势。在文字和探讨中感悟只有中国共产党才能救中国，只有社会主义才能使中华民族走向复兴，感受到国家的飞跃发展，以及当前幸福生活的来之不易。无数人的牺牲和努力换来如今的美好生活，我们应当珍惜，并将它作为一个新的起点，思考我们所应担负的职责。

一本本书籍、一段段生动的文字、一个个感人的故事，一个个杰出的名字，带领我们开启了一趟心灵之旅。在静谧的空间中静静地阅读，自由地探讨，一种时光静好的满足感油然而生。

在我和儿子"阅读迎国庆、书香庆华诞"的读书活动中，在盈盈书香里，我们不但拓宽了视野，还增进了对祖国的热爱和感激之情，把节日的每一天过得充实而有意义。

"要么读书，要么旅行了，身体和灵魂必须有一个在路上"，这句话同"读万卷书，行万里路"意思差不多，道出了读书和旅行的重要性。其实，读书和旅行，并非截然分开的。读书是内在的旅行，通往我们的精神世界；旅行，是外在的读书，探索天地苍穹。在读书中亦是旅行，在旅行中亦可读书。

这个国庆节，我和儿子一起，浸润书香，在精神世界的旅行中，欢度国庆，在书香中庆祝祖国华诞，过一个与往年不一样的国庆节，安静而热烈，优雅而美好。

秋韵悠悠一卷书

走过春的芳菲，走过夏的繁茂，季节步入秋的悠然与优雅。经过春的耕耘，夏的生机，岁月迎来秋的成熟和丰收。

"采菊东篱下，悠然见南山。"秋菊绽放，清香怡人，悠悠秋韵，闲适悠然。此时，执一卷书，静坐东篱下，一桌一椅一人足矣。桌上一瓶，插着刚摘的秋菊，三五枝横斜；一壶，或茶或酒，冒着热气，或氤氲着酒香；两杯，对影成双，一杯尽，拾起另一杯，自斟自酌，与自己碰杯，自得其乐，心中陶然。

书页在两指的摩挲下发出愉快的轻歌，目光与字符深情对视，到会心处，仿若两两相知，宿虑顿消，不觉启颜而笑。此时，桌瓶中的数枝菊花在眼前绽蕊吐芳；篱下枝头的菊开得灿烂，在身侧摇曳；远山的黛色是一幅水墨画，悬挂在抬望眼处；天空高远浩瀚，洁白的秋云自来自去，心如白云，若有挂碍，却又空无一物，舒卷自如。陶渊明在《五柳先生传》中说，"好读书不求甚解，每有会意，便欣然忘食。""会意"者，除了理解所读内容，还有"会然于心"之意吧？所以，才"欣然忘食"。"会意"与"会心"，庶几近之。那种一卷在手，因阅读而生的兴奋和愉悦即便妙笔也难以形容，只能以"欣然忘食"实录之。在秋韵悠悠，菊香馥郁中执卷读书，其美妙又如何形容得出来？

山中秋夜读书，又是别有一番风味。一卷在手，临窗而坐，蝉鸣渐弱，秋虫唧唧，田蛙鼓腹，俨然大自然合奏出的一支乡野交响曲，仿佛在天籁中读书。读上几页，凝神听一会儿，那虫鸣蛙叫似乎跃然纸上，安静的文字有了动感，一行行文字，便是与灵魂作深度的交谈。眼倦抛书，推窗而望，"明月松间照，清泉石上流"，在婆娑的月影和泉水叮咚中，心和夜一样，被月光和清泉洗涤一净，"眼前直下三千字，胸次全无一点尘"，一颗澄明的心安放在澄明的夜，自是舒适无比。

幼时在秋色满屋的四方桌上读书，则带有"表演性质"。墙角的一边是高高的玉米垛，另一边是黄澄澄还未晒干的谷子，满屋子充盈着金黄的色彩和收获的农作物的香味。趁着太阳，谷子需要用畚箕装到院坝暴晒，玉米棒子需要放倒一根四角凳，将解放鞋（也就是黄胶鞋）穿在凳脚上，双手拿着玉米棒子在胶鞋底上来回反复用力，利用玉米棒子和鞋底的摩擦脱下玉米粒。彼时，拾起一本书，佯装作业完不成，一边看着书本，一边写写画画。当大人路过，口中刻意念念有词，言外之意，"我正忙学习的大事，那些需要晒的谷子，需要脱粒的玉米棒子你们大人先自个儿做。"那时一书在手，心中颇有忐忑，一半欢喜一半担忧。欢喜以一本书可以避开暂时的劳作，担忧母亲大人不顾我的"学习大事"，让我先以劳动解决生计问题。须知，晒稻谷还好，顶多出一通汗水，身上飘着谷屑，肌肤裸露处觉得痒时无非抓挠几下；脱粒玉米棒子时，双手常常因长时间用力而磨出水泡，疼痛不堪。如此相比，读书的滋味当然一个"好"字不足以形容。

如今，无论在哪儿读书，均无须"表演"。然而，那种玉米满屋，稻谷满仓，一书在手，半忧半喜，"偷闲"和"逃避"的忐忑之乐却是体会不到了。

"书卷多情似故人，晨昏忧乐每相亲。"书本早已成了我的老朋友，陪伴着我，四季更迭，对每一个日子送往迎来。在秋的成熟和优雅中读书，心境与其他三季不同，自然也别有一番风味。

秋韵悠悠一卷书，若问滋味有几何，以陶公诗答，"此中有真意，欲辨已忘言"，或参差相似。

抛开功利乐读书

古人乐读书，是深谙读书之趣。

宋末翁森作诗《四时读书乐》，既是劝学，又写出了四时读书的情趣。比如春天读书乐何如，"绿满窗前草不除"，乐如春草葳蕤，满目葱茏，绵延不绝；夏天读书乐无穷，"瑶琴一曲来薰风"，乐如瑶琴入耳，如薰风拂面；秋天读书乐陶陶，"起弄明月霜满天"，陶然自乐，如在高远的秋夜，赏玩明月，月下起舞，足之蹈之，高天之下，清辉满地，我自神游万仞；冬日读书之乐何处寻，"数点梅花天地心"，其乐就在这冰天雪地，看几朵梅花凌寒绽放，那是天地孕育万物之心。

我幼时乐于读书，最初是为了躲开干不完的农活，躲避母亲的絮叨，后则渐入佳境，沉迷于书中的故事。

书是闲书，腋下藏之，躲过母亲的视线，悄然爬到猪圈之上，于柴火堆中安然静坐。下面是猪粪氤氲，猪声哼哼，上面则是一书一人的天地。

上中学后乐读书,是因为逐渐尝到了读书的快乐。除了眼前的生活,书本为了打开了一个更加广袤的世界,在书中我看到了别样的人生和风景。那时我不善与人交往,于是化身书中的人物,获得交流沟通之趣。在书本中知前所不知时,仿佛拨开眼中的阴翳,在"哦,原来可以这样"中,得到一种渐悟和顿悟的欢愉。

曾在课堂上读书,自以为老师讲的知识已熟谙于心,于是课本摊开于书桌,闲书置于抽屉,身体端坐,似乎听课极为认真,实则双目下视,心在闲书的羽翼上,早已飞出教室。老师走近,站立多时而不自知,直到书被没收,略受处罚,心中才稍稍生出一点悔意。

后来工作,考研,职称晋升,除专业书外不曾读别的书。如刘同所言,谁的青春不迷茫?现在回忆起来,远离书本的那段岁月似乎是荒芜的。以功利之心仅读专业书,无论怎样读,所得之功利与他人相比,总有悬殊,就心中欲望而言,总是得不到满足。叔本华说,人生就像一个钟摆,欲望满足不了便痛苦,满足了即是无聊,无聊后又生出新的欲望。那时的我总是在痛苦和无聊之间来回摆动。

之后抛开功利,重拾读书之乐,应是书本的呼唤,以及曾经接受过书本熏陶的心灵的需求。仿佛久别故人,心中思念日深,终于毅然跨过岁月之隔,再度携手,与书相伴。

走过很多岁月后才发现,世上第一等好事还是读书,不为功利而读书。

书像一个百宝箱,能够变出许多法宝,帮助我化解所遇到的困难和窘境;书中有打开各种心结的钥匙,书中能找到应对现实的力量;书带给我永远的慰藉。

抛开功利，重拾书本后更加确认，书是有生命、有灵魂、有思想的。读书犹如接受良师的指导，如有高人相伴，如与挚友谈心。读书让我在喧嚣的尘世安静下来，保持清宁，明亮的心境。读书使我的心灵半径延长，让我的精神天空轩豁，让我的视野开阔，于无声处听惊雷，于无色处见繁花。读书如饮醇醪，陶然而醉，带给我悠长，持久的快乐。

交友贵在交心，不带功利性相交，更容易交到挚友，友谊也更持久。读书如是，不带功利性而读，心与书交融，日久天长地沉浸其中，其乐无穷，其好无穷，尽识读书之好与乐后，才能真正享受读书，乐读书。

抛开功利乐读书，广为人知的可能还是五柳先生，"闲静少言，不慕荣利。好读书，不求甚解；每有会意，便欣然忘食。"

今有人问，"内卷太厉害怎么办？"回曰："读书。读书破万卷。"我以为是妙答。

内卷也好，精神内耗也罢，抛开功利乐读书，以读书之乐可疗愈。

第四辑

亲情温暖满乾坤

给妈妈过"三八"节

妈妈年过古稀，一辈子务农，只知道关注儿女的成长，庄稼的长势，竟然不知道有"三八"节。

入城居住后，哥哥决定每年给妈妈过节，一方面对妈妈进行"扫盲"，一方面尽人子之孝，不留遗憾。

给她过节的第一年，哥哥提前一天给妈妈打电话，说："明天全家聚餐，给您过节。"

妈妈一脸茫然："明天给我过什么节？又不是我生。"

哥哥说："'三八'妇女节，和过生一样隆重的日子。"

就餐时间，妈妈在爸爸的陪伴下小心翼翼地步入哥哥预定的雅间。看着一道接一道叫不出名字的菜品端上桌子，妈妈心疼地说，"这得多贵呀，不如买回去自己在家里煮。"

"不要心疼钱，今天就是给您放假的。国家都给女职工半天的法定假日，您也应该享受到。"哥哥笑着说。

一贫如洗的家养大四个子女，有太多太多的不容易。何以解忧，唯有杜康。或许是解忧，或许是为了抵御生活的苦，一向节俭的妈妈喜欢喝一点小酒。细心的哥哥准备了妈妈爱喝的红酒和白酒。

儿孙满堂，举杯共祝妈妈女神节快乐时，妈妈的脸上一直洋溢着幸福的笑容，像欢快的小石子抛入湖中，荡漾开一圈又一圈的涟漪。

饭桌上，哥哥一边给妈妈夹菜，一边介绍菜名，问妈妈是否合她的口味。

"这么贵的菜，当然合口味。"

妈妈细细地品尝着每一道菜，仿佛要把感受到的甜蜜滋味全都咀嚼入胃，慢慢消化。

刚参加工作不久，薪水微薄的孙女给她奶奶准备了鲜花——一株养在水中的蓝色风信子。说蓝色的风信子寓意永恒、幸福，祝奶奶——家中永远的女神苦尽甘来，永远幸福。

第一次收到鲜花的妈妈脸上泛着红晕，双手接过花瓶，笑容和花儿一样红艳艳地绽放着。回家路上，逢人便高举着风信子，说，"今天'三八'节，我孙女送的花。"

如今，年近耄耋的妈妈已经有点健忘了，却怎么也忘不了"三八"节。

刚入三月，妈妈便如商贩一般，到处宣扬："女神节"快到了！

和有病痛的老年朋友聊天，妈妈常常安慰他们，好好治疗，好好活着，儿孙的福还等着我们去享呢。

妈妈的幸福就这么简单：有人陪伴，有人惦记。

无论多忙，我们暗下决心，趁妈妈健在，一定要陪她度过余生中的每一个"三八节"。

上坟

南北山头多墓田，清明祭扫各纷然。每到清明，父亲总会带上家人，步入那条曲曲弯弯的后山小径，给逝去的爷爷奶奶上坟。

常常是清明前的某个赶集天，父亲买来两刀黄色的草纸，一张白纸，两串鞭炮和几炷香回家，为上坟做准备。晚上，父亲先把黄色的草纸平放在木墩上，用钱戳和手锤一番敲打，制成散钱；再取出白纸用剪刀横竖剪成纸串，制成坟上挂的青。做这些工作的时候，父亲静默，双目炯然，神情肃穆。

到了上坟这一天，父亲一手提着事先装入散钱、挂青、香和鞭炮的袋子，一手拿把砍刀，像一个首领，走在前方，带着全家十余口人（加上叔叔一家），浩浩荡荡踏上上坟之路。

我们几个小孩跟在后面嬉笑玩闹，但也不敢过分造次，知道出格的结果是招来训斥。

到了坟墓，父亲会用砍刀清理干净坟上及周边的杂草和荆棘。年年清理，年年杂草丛生，荆棘遍布，然而父亲不曾有丝毫懈怠，每年总是一丝不苟地清理。

清理完毕，父亲嘱咐最大的哥哥上坟挂青，他开始点香。在香烟缭绕中，父亲点上他亲手打印的散钱。若这一年烧的纸钱不多，父亲就一边烧，一边低声请爷爷奶奶原谅，让他们省着花。给爷爷奶奶的钱烧得差不多了，父亲便第一个在坟前双膝下跪，以额触地，虔诚地求爷爷奶奶保佑全家身体健康，保佑庄稼丰收，保佑孩子读书有出息。我们小孩子磕头时，大多努力收敛着一脸坏笑，当着好玩，潦潦草草比一个大人的姿势。

儿时的那几年，全家身体健康，庄稼也有收成，但总是吃不饱穿不暖。大哥背着红薯上学，后来考上师范，成了村子里第一个读书有出息的人。

接着二哥三哥同一年考上学校，家中依然缺衣少食，需要的学费更是寻遍了亲戚，难以凑足。幸好三哥一个同学的爸爸在信用社（农村商业银行的前身）上班，找了关系贷到款，才得以继续求学。

不管生活如何艰难，每年上坟，爸爸清理坟墓杂草，斫去荆棘，挂青，点香，烧纸，磕头的程序不曾减少。爸爸的肃穆和虔诚不曾减少。

后来，家中最小的我也考上学校，跳出农门。村上的人都说我家祖坟冒烟了。

日子一天天好起来。随着侄子侄女出生，我家儿子出生，上坟的队伍更加浩大。父亲依然像一个首领，走在前方，一年年带着我们踏上上坟之路。

父亲年老，上坟烧的纸钱不再亲自打印，挂青也不再亲自剪裁，清明节的当天随处可以买到打印好的散钱，各种面值的阴币，各色挂青，香烛鞭炮。父亲买足散钱阴币等上坟用品，不再让爷爷奶奶省着花，只是依然双膝下跪，额头触地，口中依然虔诚地低声祈祷。

已成大人的我们终于收敛尽了幼时的坏笑，和父亲一样，变得庄重、虔诚起来。

孔子说，生，事之以礼，死，葬之以礼，祭之以礼。

我们渐渐懂得，尽孝，贯穿于亲人的生前和死后。给亲人上坟，祭祀亲人，也是一种尽孝。

我们终于知道，生命繁衍，由生而死，是自然规律，是生命的法则。祭祀祖先，记住祖先，敬畏祖先，是记住和敬畏生命每一个环节。

父母需要有尊严的爱

"做儿女的不应该像训斥小孩子一样训斥自己的父母。"返回路上，老爸依然怒气未平。

老家同村的一个老人患上阿尔茨海默病，也就是通常说的老年痴呆症。老人出现记忆障碍，对女儿的爱却未曾减退。

她一直记得女儿出嫁时还有一床被子留在家中，这次赶上女儿女婿回来，她便一遍又一遍地提醒他们，把被子抱到车上，担心他们离开的时候又忘了。其实女儿已经年过五十，出嫁时的嫁妆当日车子装不下，是后来回娘家才带走的。但老人的记忆停留在女儿出嫁日那一天。

同老人一起居住的儿子听不耐烦了，大声对他的母亲说："和你说过多少次了，人家早就带走了，带走了。叫你不要管！不要管！"老人可怜巴巴地看着儿子，低声，但依然确定地说："她哪里带走嘛？被子明明放在家里的。"儿子加大了音量吼道："你管她带走没有，你一天吃饱了个人去睡。管这些事做啥子？管得多！"边上听着的老爸变了脸色，对着吼叫的儿子说："你不要这样对她，她生病了，记不得，有什么事你好好和她说，她毕竟是你母亲。"儿子吼叫的声音稍稍低了一些，半是委屈半是不耐烦地回答老爸："她现在记性完全不行了，好好说她又不听。"老爸说："那你让她一个人说嘛，不要像吵小孩一样吵她，她是个老人。"

"还喊她吃了就去睡，又不是养的畜生。人老了过的啥日子嘛？"老爸继续替那个老人感到难受。我安慰老爸："据说这个儿子对她妈妈算是好的，只有这个儿子赡养他。另一个儿子家中开着商店，却只顾自己做生意，老人跟他过日子的时候连饭都吃不上。"

老爸的怒气消了一些，老人可怜巴巴的样子还在他脑海里回放："无论怎样总是不应该训斥自己的老人。每个人都要老，人要懂得感恩，要孝顺，都说'家和万事兴，人孝百事成'。"

很多老人一旦失去生活自理能力，也就跟着失去了活着的尊严。俗话说："久病床前无孝子。"在农村，特别是那些没有生活保障的老人，跟着子女过日子，整天战战兢兢，在子女的脸色和训斥中度日，虽然没有受冷挨饿，但心理上毫无安全感，终日低眉顺眼，生怕惹怒了子女。

好像人老了，成了子女的负担。好像子女对父母的赡养，成了居高临下的赏赐。

谁言寸草心，报得三春晖。一生难报父母恩。父母老了，我们却忘了，年幼时，没有尿不湿，父母不嫌脏不嫌臭地为我们洗尿片；我们学说话时，父母一遍又一遍不厌其烦地教我们说话；我们生病时，父母焦灼地连夜背着我们走过漆黑而遥远的山路，央求医生给我们诊治……

父母老了，我们却吝啬我们的付出，哪怕多说一句话，哪怕多陪伴父母一刻。我们以为，只要没饿着他们，没让他们受冷，便是尽了孝心。

然而，尽孝心，孝敬老人，包含了孝顺和尊敬的意思，而不单单是满足老人的生理需求，还要关注他们心理上的需求，一定还有我们内心的恭敬，表现在言行举止中。

因为老爸的怒气，我多了一份自省。

老妈退而不休

我们几兄妹参加工作入城居住后，一致认为老爸老妈年过六十，应该让辛苦了一辈子的他们从土地上退休，享一享儿女的福。

老爸同意，但老妈坚决反对。说刚满六十，身子硬朗，老家的田土好，一年可以产多少粮食可以种出多少蔬菜，足够一大家人吃，荒着可惜了。还说，老家空气好，水质好，比城里住家舒服，也更长寿。

不顾老妈的反对，我们坚决卖了老屋。失去房屋的老妈无奈只好跟着我们迁移入城。

我们冠冕堂皇的理由是孝心，其实是怕村里人说闲话，说我们不孝，工作了还让年迈的二老留守老家，成为空巢老人，继续过着脸朝黄土背朝天的苦日子。

初入城的老妈完全不习惯城市的生活，整天没精打采，失魂落魄的样子。动不动就抱怨我们卖了老屋，让她上无片瓦房屋，"强迫"她入城，使她下无寸地，说如今在城里无所事事，和流浪汉有什么区别？

我们怪老妈不领情，说子女的房子不就是她的房子，说村里有些老人想入城还没有机会呢。

有很长一段时间，老妈和我们说起这个话题就会发生争执，双方各执一词，总是闹得不欢而散。

不知什么时候，老妈在城郊某处的山上觅得一块地，重新开始了她四季耕耘的生活。

亲戚劝她，现在不愁吃不愁穿了，哪儿用得着到土地上"刨食"？每天和一帮老太太跳跳坝坝舞，学着打打牌，打发时间，享享清福。我们也劝她，七十多岁的人了，一个人在山坡上摔倒或有什么意外怎么办？老爸劝她，过好一日三餐，锻炼好身体，不要成为儿女的负担就行了。你做那点菜能值多少钱？

老妈不听，每天生活极为规律。吃过早饭，太阳还未露脸就上山，像老家居住时一样，趁凉快，翻土，种瓜点豆，除虫去草，到吃午饭时才回家。下午若是阴天，继续上山。若是雨天或烈日，则在家干一点别的杂事。我纳闷了："一块土地，哪儿有那么多的活儿，一年四季都干不完？"老妈笑着说："不干就没有活儿。只要勤快，熟了豌豆蚕豆栽莴笋，莴笋收了育玉米，玉米掰了种萝卜，没听说过农民有忙完的时候。"

反对无效，我们只好退而求其次，让老妈量力而行，把种地当作消遣，不要太辛苦了。老妈反对："农活怎么能当作消遣？干活都辛苦，只有不干才不辛苦。"我笑嘻嘻地问老妈："你准备什么时候退休啊？"老妈认真地回答："干不动时自然就退休了。"

重新拥有一块土地的老妈不再抱怨她失去的老屋和土地，日子过得充实而快乐。今天给儿女送一点刚摘回的蔬菜，明天给老朋友提一点吃不完的豆角。劳动着的老妈脸上整天挂着浅浅的笑容，重新活出了存在感和价值感。

我终于理解了不愿退休的老妈。一分耕耘一分收获，她耕耘土地，收获四季，在忙碌中体现出满满的存在感和价值感，在耕耘时光的同时，收获着充实而幸福的晚年。

"抠门"母亲也大方

在我的记忆中，母亲一直很"抠门"。

小时候，每年母亲背着我、牵着两个哥哥走很远的路到外公外婆家，给那边的亲戚拜年，每家送一斤白糖一斤瓶装或散装酒。返回时我和两个哥哥总会收到高于礼物价值的钱。钱当然是悉数上交给母亲。我们兄妹一致认为，母亲本来就是为了得到更多的回馈而去拜年。

父亲是一名石匠，常年在外挣一点力气钱。我们四个孩子都小，家中缺劳力，请人干活时，经常听人议论说母亲准备的伙食比别人家差，素多荤少。我们几个孩子听了都觉得羞惭，和旁人一起怨母亲太"抠"。

大哥读高中时，母亲竟然让他背着红薯去上学，把红薯当主粮。

家中最小的我到县城读书，母亲给我准备了一床半新不旧的棉絮作床垫，现缝了一床被子装上棉絮作为盖被，还说那就是给我的嫁妆了。一床盖被一床垫被，夏天倒也罢了，到了冬天，身子在被窝中蜷缩着，双脚到了天亮都是凉的。后来我的同桌，也是我的班长，从家中

"偷"了一床被子给我，之后的冬天我才感受到了温暖。

不仅是对子女、对帮工"抠门"，母亲对自己更是相当"抠门"。一双鞋子，坏了又补，补了又坏，依然舍不得扔，总是说干农活的时候还可以穿。衣服裤子更是补丁打补丁，和乞丐装相差无几。虽然那个年代每家都穷，但母亲的穿着总是比多数人差。因为母亲的缘故，我一直羞于带同学回家。

工作后，父母跟着我们一起入城居住。她和父亲住城东，我们住城西。

母亲已年过古稀。如此"抠门"的老人家最近居然变大方了。

侄女结婚，我问母亲，你送点啥礼物不？

母亲惊讶地说，怎么不送？就一个孙女（其余都是孙子），我早就给她准备好了。

你准备的啥？我好奇地问。

新买的羊绒被，还有八件套，还要给钱。母亲得意地显摆。

大嫂六十岁生日，在馆子请了家人朋友，几桌人热热闹闹地庆祝。我问母亲，你们送礼不？

当然要送，就一个大儿媳（我暗笑，莫非哪家有两个大儿媳），我得当亲女儿待，满六十就送六张大团结，祝她以后的日子六六大顺。母亲狡黠地回答。

我表扬母亲越活越大方，越活越通透。

母亲不乐意了，几乎愤愤地说，啥叫越活越大方？我本来就不是小气的人。以前人家说我"抠门"，还不是因为那时的家太穷，缺衣少食，处处都要计划着过，恨不得把一分钱掰成两分用。要不是这样计划着，能把日子过到现在？能供你们四个读书，吃上公家饭？有钱我又不是不懂安排，我知道怎么为人。

母亲节快到了，大嫂早早打电话通知，节日当天在某某餐馆聚餐，庆祝母亲节。母亲惊喜地说，你看，你大嫂竟然记得给我们过节。我心中感到一丝内疚，每天上班，早已没了节假日的概念，也就完全忘了母亲节这回事。

天气转热，侄女提前给母亲买了一件棉质衣服作为母亲节礼物。母亲逢人便大肆宣扬：我现在都能享孙女的福了！

"抠门"转大方的母亲用她七十多年岁月沉淀下来的人生智慧继续点拨我：家和万事兴，一家人重要的是和和睦睦，开开心心。

生活需要缝缝补补

儿子的衣服脱线了，扔到我面前，"妈妈，给补补。"

我打开百宝箱，取出针线，脱线处的衣服外翻，熟练地一针一针连上，小心地不让线头留在外面。缝完，打量针脚，细密完美，线头都在里面，儿子穿上，完全看不出一丝缝补的痕迹。

家中常年备有针头线脑，一般能够自己完成的缝补我都很乐意穿针引线，自个儿完成。

小时候，儿子裤子的膝盖处破了，我找出一块猫咪或小狗图案的布料，给缝上，儿子穿出去同小朋友玩时，故意露出新贴上的小动物，把它当作一枚勋章。长大了，儿子不再喜欢这种剪贴的勋章，只是在脱线或需要换拉链钉扣子时，依然认可我。这样，我缝补的机会越来越少了。每次缝补时，心中柔软，总觉得是在把一个有瑕疵而又温暖的物件连缀得完美。

二十多岁时，我是不喜欢并反感缝补的。那时，每天想着向前冲冲冲。像大人物一样，似乎每分钟都在创造价值，每分每秒都在想着干一桩有意义的大事，不想让缝补这类琐屑的事耽误了我宝贵的时间，不愿意让一个破物件挡住我前进的步伐。衣服坏了，直接换一件；鞋子破了，直接买一双。

是儿子让我爱上缝补的。

儿子出生后，我意识到自己正在重复着母亲走过的路。像世上的万千母亲一样，我必须努力学着做一个好妈妈，而前提是学会踏实生活，不再陷在虚无缥缈的梦中。没想到，踏实二字竟然是从缝补开始的。

儿子学会走路后，裤子的膝盖和臀部总是三五日便裂开一个大口子。儿童的天性使得每一代童年的裤子都会频繁地出现窟窿。直接扔了，舍弃的频率太高，从缺衣少食中走过来的我开始心疼那一次一次不菲的价格；拿出去缝补，街上也有以缝补为业的，在某个转角处或一个小小的角落，平时不注意，还得提着袋子去慢慢询问；找到了摊位，人家手上有其他活计，不一定马上给补，可能会约定一个时间再去取。一连串的问题，还不如自己直接拿起针线。

我庆幸母亲教会了我缝补。母亲的针线活儿非常漂亮，穿针，打结，缝补处外翻，这样线头不外露，后一针在前一针脚后面穿过，这样一针咬着一针，不容易脱线。母亲还教会了我给儿子膝盖和臀部处补上一个卡通图案，看上去顽皮可爱，像新的一样。

除了缝补衣物，母亲更教会了我缝补婚姻。都说婚姻有着七年之痒，我的婚姻还没有到七年，就相看两厌了。每每出现矛盾，看着路人甲乙丙丁，都觉得比家中那位强，恨不得立马分道扬镳，重寻一个白头偕老。面对我的急性子，母亲却慢条斯理地说，"哪家没个吵嘴的？俗话说，吵吵闹闹才叫过日子，不吵不闹不到老。你看我和你爸，不也是吵吵闹闹过了几十年？还生出你们四个优秀的儿女。婚姻如衣物，缝缝补补过一生。"

确实，一直以来，父母似乎都是有事说事，说不通就一个比一个声音大，然后一方偃旗息鼓，另一方降低音量，跟着转入静音模式。很少见他们有温言软语的时候，更不用说情话。这样的相处之道没妨碍他们生儿育女，教养子女成才，也没妨碍他们四季播种收获。

听母亲如此说，我便答应给那个一生气就看不上眼的他一个留观期。说来也怪，不等留观期满，我们又和好如初了。再发生矛盾时，母亲便提醒我，"给一个留观期，缝补缝补。"

如今一起走过几十年，那些大的裂痕早已不见，偶有小摩擦，各自涂点润滑剂，不出意外，婚姻还将一直持续下去。

美国剧作家尤金奥尼尔说："我们生而破碎，用活着来修修补补。"

婚姻如是，衣物如是，不可能生而完美，或者说不可能一直保持完美状态，缝缝补补，是爱物惜物，是珍惜，是对生活的敬畏。

好好说话

我在群里发了一张全家到乡村摘桃子后聚餐的温馨照片，因事未能参加的弟媳回了一句评语，说弟弟的吃相狼吞虎咽，说谁的银手链吃不到台（重庆言子：厉害，了不起，多含讽刺）。

我拍照时没注意，刚好将老爸正在搛菜的手拍入镜头，而他手腕上戴着的正是数年前外出旅游时在一个少数民族寨子购买的银手链（导购员说戴银手链对身体健康大有裨益）。

深知弟媳性格的我们看到后一笑了之。

返程高速路上，我们起劲地聊着别的话题，挨着我坐在后排的老爸一直沉默着，突然问我，那张照片是你发的？我回答嗯。老爸说，她这样说你弟弟可以，不应该这样说我。原来老爸还在介意弟媳那句讥讽。我轻声地安慰老爸，叫老爸不要往心里去。弟媳说话一向口无遮拦，不管他人感受（无论老幼），只图自己嘴快。我和老爸的短暂对话淹没在前排热烈的讨论中，老爸没有接话，再次陷入他一个人的沉默。

因为弟媳不经意的一句嘲讽，我知道老爸的内心受到了伤害。

美国心理咨询专家帕雷夏·伊文斯在《语言虐待》一书里写道，语言虐待也是一种暴力。我国有一句类似的古训：良言一句三冬暖，恶语伤人六月寒。在这个炎炎夏日，爸爸的沉默无声地诉说着他内心的寒意。

弟媳读书不多，平常的爱好主要是玩抖音，同他人八卦。弟媳常常在自己的认知范围和道德标准下去评判别人，只相信自己看到的，很少站在对方的角度去思考问题。加上她小时候生活于语言虐待围绕的环境，很难恰当地表达自己的情绪，渐渐丧失了好好说话的能力。明明是好心的关注，关爱，从她口里表达出来总是带着伤害的情绪，有一定的杀伤力。侄儿长大后外出读书，每次和他妈妈视频，都劝她没事多看点书，说以后一起生活才不会出现沟通障碍。

好好说话，体现着一个人的修养。不好好说话的背后，其实藏着一个干瘪的灵魂。

《诗经》中说，投我以桃，报之以李。不好好说话导致的坏情绪，是会传染的。当你讥讽别人的时候，别人也会不由自主地反唇相讥；当你大声责骂或责问他人时，对方也很容易以更大的音量来回应你。相比理性，宣泄总是更容易。同样，当你送上温暖、熨帖人心的语言，对方回馈的一定是和言悦语，或者是加倍的善意。没有人是一座孤岛，我们怎样对待这个世界，最终世界都会以同样的姿态反馈回来。

好好说话，送暖添悦，是给他人的珍贵礼物，更是给自己储备开心回馈。

学会好好说话,不吝啬真诚的赞美,人与人的相处便多了几分融洽。

学会好好说话,感受语言带来的美好和滋养,不仅收获友情,加深亲情,不断地收获好心情,更是在为自己积攒下好运气。

因为,好好说话是一道光,温暖别人的同时也照亮自己。

奶奶说谢谢

侄女千千的手机铃声响起，她掏出手机一看，是奶奶的电话。年近八十的奶奶手抖，打电话不太利索，通常有事找儿女，一般不给孙辈打电话。

年刚过，奶奶有什么要紧事呢？

千千按下接听键，"奶奶，有什么事吗？"

手机话筒里传来奶奶的大嗓门。她自己耳朵不好使，常常以为别人听不到，接打电话时总是无意识地提高声音的分贝。侄女把电话转为免提。

"千千，没事没事。我打电话来就是谢谢你买的外套，穿着很合身，很好看。"

原来刚参加工作不久，薪水微薄的侄女给她奶奶买了一件外套作为过年礼物。当了一辈子农民，从未对晚辈说过谢谢的奶奶居然专门打电话对孙女说谢谢。

接电话的侄女脸上漾开了笑容，像一圈圈不断扩大的涟漪。

"奶奶，外套不贵，只要你喜欢，明年我还给您买。"

挂断电话后的侄女异常开心，在微信上将奶奶的谢意广而告之。

我们早已习惯对他人的善意道一声谢谢。然而对自己的家人，不管对方付出多少，我们总是心安理得地接受。

似乎，长辈就应该给经济未独立的晚辈发红包，晚辈就应该力所能及地以各种方式孝敬长辈，"应该"之下，那一声本该说出的"谢谢"便顺理成章地省略了。

一家人说什么谢谢啊，显得不自然而又矫情。

或者，把谢意藏在心中，一厢情愿地认为，不说对方也知道。

真的是这样吗？

口乃心之门户。一个不习惯用语言说出自己感谢的人，他内心的谢意又有多少呢？

正如一个外表恣肆狂放的人，谁能相信他内心的恭敬有几分？

奶奶和侄女不经意间给我们上了一课。家人之间，也是需要爱的回应。

善行无辙迹。在付出爱时，没有想着回报，并不意味着谁愿意将自己满满的善意抛入虚空，也不意味着谁愿意对着麻木不断地付出。

我们在说谢谢时，不仅是爱的回应，更是在表达我们的感恩之心。

爱的及时回应和感恩都是在强化和彰显着付出行为的美，让付出的人更加欣慰，同时也是对善意的赞美和激励。

一句"谢谢"意义非凡，及时说出谢谢吧。哪怕家人之间的谢谢也是必不可少的。

爸妈爱吃零食

我是近几年才知道爸妈爱吃零食的。

平时二老住城东，我住城北。周末习惯叫他们到城北的家中一起吃饭。

我通常将零食摆在茶几上的盘子中，方便儿子取用。爸妈过来，坐电视机前一边看电视，一边很自然地拾起零食送入口中。我想，节俭的他们是怕浪费，帮着消灭那些儿子吃腻的零食吧。

有一次，我将才买的零食随手放入茶几的抽屉中，忘了取出来倒入盘子。我在厨房忙碌，走过客厅时看爸妈坐在电视机前看电视，干巴巴的，好像缺点啥，但一时想不起到底缺啥。我继续到厨房忙碌，再次经过客厅的时候，正看到爸妈拉开茶几的抽屉，在里面寻找什么。我恍然大悟，赶紧将所有的零食取出来，倒入盘子，招呼爸妈吃。

那一刻，我才知道爸妈其实爱吃零食，特别在看电视的时候，没有零食，心中仿佛空落落的，一向喜欢的电视剧也变得没滋没味。

然而，儿时的记忆中，爸妈从来不吃零食。去亲戚家，逢上主人热情地递过来糖果饼干，爸妈总是装入口袋，带回家给我们几个孩子分而食之。赶集时，忍痛花上几分钱，买几个糖果什么的，也是刚进院坝就大声招呼我们，然后一人一份。就连家中自己种的葵瓜子，屋角果树上丰收的核桃、板栗他们也是不吃的。大多数拿到市场上卖了换成油盐，少数留给我们小孩子。

　　偶尔我们良心发现，将零食递到爸妈的嘴边，说真好吃，你们也尝尝。爸妈总是迅速转过头去，生怕碰着了"可怕"的零食，还万分"嫌弃"地说，大人从来不吃零食，只有你们小孩才嘴巴馋。

　　我们也就信以为真，以为大人的身体中是不长馋虫的，只有我们小孩子，馋虫一出现，就爱盯着人家手中的零食流清口水。

　　工作后，第一次拿到工资，回家前给爸妈买礼物，买一大包好吃的。爸妈笑盈盈地接过，却不停嗔怪我浪费钱，说再好吃的东西也不能当饭吃。信以为真的我后来很少给二老买吃的，直接给钱，任他们按照自己的心意花。

　　有了儿子后，知道小孩子嘴馋，家中便常年备有零食。但从来没有刻意想着给爸妈买点啥好吃的，反正他们不喜欢零食。

　　自从那次看到爸妈主动寻找零食后，我注意观察，有时他们自己也会购买零食，只是每次购买的间隔时间较长，量也不多。他们哪里是不喜欢啊，是心疼钱呢，舍不得花过多的钱在不当饭吃的零食上。

　　他们周末再过来吃饭时，我便到超市选两袋零食，一袋是爸爸爱吃的薄荷糖、瓜子、花生，一袋是妈妈爱吃的饼干、豆腐干。有时没有时间出去现卖，我便将儿子的零食分一半给他们装上。爸妈总是乐呵呵地提着回家。

常常想，时光轮回，我给爸妈买零食的心情，和幼时爸妈给我买零食的心情是一样的吧？都是以零食的方式向深爱的人表达爱意吧，都是爱着的幸福。

爸妈爱吃零食，也是和童年的我一样的吧，除了零食的美味，更多的是享受着那份专属的爱。

老爸爱拾垃圾

老爸从劳作了一辈子的土地上退休后，入城居住。闲下来的老爸琢磨着找点事做，没想到他竟然把目光盯上了垃圾。

城市人多，每天产生的垃圾量也惊人。街道上垃圾箱隔不远就放一个。有的人走近目标扔垃圾，看准了可回收或不可回收再投入；有的人不管垃圾桶上的标识，远远地将手中的矿泉水瓶准确地投入；有的人将垃圾扔到了垃圾桶外，却又懒得躬身拾起，走近投入，心里想着反正有清洁工阿姨，不能让她们失业，为自己的惰性和不文明行为找借口。

老爸见到，一个大跨步迈过去，将地上的垃圾拾起，没用的扔入垃圾桶，有用的（可以卖的废品）则装入随身携带的塑料袋。随便看一下垃圾桶，将桶内可以卖的废品一并拾起，装入袋子。

对老爸这种行为，理论上和情感上我都持反对意见。

"垃圾好脏嘛，上面说不定还有细菌病毒，你拾那点废品能卖几分钱？我们按月给了你足够的生活费，不知道的还以为我们没给钱。"我带着情绪对老爸说。

整天拾垃圾像个乞丐一样！难听的话我没说出口，然而心里是这样想的。我们几姊妹都是坐办公室的人，要面子，担心某天同事指着拾垃圾的老爸问我，"那个拾垃圾的是你老爸呀？"

固执的老爸回道："我拾垃圾的时候都是戴着一次性手套的，你们给钱用不着我到处去宣扬，再说我拾垃圾也不完全是为了钱。"

三句话怼得我哑口无言。于是，老爸依旧拾垃圾。我依旧反对老爸拾垃圾。远远看到拾垃圾的老爸，我便装作不认识，悄然避开。

一次，看到一个年轻人一边等着红绿灯，一边努力把垃圾扔入不远处的垃圾桶中，不幸的是未扔中，垃圾掉到了干净的地面上。老爸很自然地走过去拾起，放入垃圾桶。那个准备过斑马线的年轻人脸红了，不好意思地嗫嚅着对老爸说："不好意思，老伯，我有急事，谢谢你了。"老爸冲他连连摆手，"没事没事。绿灯到了，你快点过去吧，你们年轻人事多，我反正闲着没事。"

曾几何时，我也像那年轻人一样，急匆匆地来急匆匆地去，似乎认真扔垃圾的时间都没有。总是远远地对准垃圾桶站定，扔中扔不中看运气，掉在地上也就听之任之，内心深处对自己这种行为有一丝淡淡的羞愧，数秒后了无痕迹，下次依然如此。老爸入城拾垃圾后，我再也不敢乱扔了，我不能想象年过古稀的老爸躬身替我拾垃圾的情形。

那一刻，我有点儿理解老爸了。

老人闲下来，但不想成为闲人，他希望通过自己力所能及的劳动得到社会和他人的认可，体现自己活着的价值和意义。

后来有一次从乡下回城，将老爸送到住家边上某单位的停车场。老爸刚下车，保安隔着数十步大声叫着老爸的绰号，热情地打着招呼。我奇怪地问老爸："他怎么认识你？"老爸得意地说："每天下班后单位会送出来一大袋垃圾，我将可以卖钱的拾起来送到废品站，其余的帮着保安送上垃圾车，时间长了，就熟悉了。他值班的时候经常喊我到菜市场给他捎带点菜，去年给我取了一个绰号，一直这样喊。"

老爸拾垃圾，居然拾出了朋友。都说人老了更怕寂寞，离开了村庄和乡亲，我一度担心远离老朋友的爸爸不习惯城市的生活。这下放心了。我为老爸感到欣慰，也深刻地认识到我不愿意老爸拾垃圾其实就是面子和虚荣心作祟。

如今，老爸早已习惯带着一个塑料袋，饭后万步走，城区走上一圈半圈，见到垃圾随身拾起，既锻炼了身体，又保持了街道的整洁，还凭自己的劳动挣得一点零花钱，一举三得。

老爸的老年生活，过得充实而滋润。

创建文明城区，需要老爸这样的人。

现在，远远看到老爸拾地上的垃圾，我快步走上去，像个行政长官一样表扬老爸："爸爸，你现在是城市的美容师。"看到老爸提着一大袋废品，我迎上去随手接过来："老爸，今天拾到这么多废品！"

老爸变"财迷"

年轻时老爸在外挣力气钱，将挣到的钱如数寄回家，供我们几姊妹上学，口袋中从来不会留下一分余钱。

老爸说，钱财是身外之物，生不带来死不带去，挣了钱就要花在刀刃上，放在口袋中和存在银行里也就是一个数字。因为老爸的勤俭淡泊，年轻时从来没有因为私房钱类的事和老妈闹矛盾。

没想到老爸从土地上退休后，竟然变得有点财迷了。不仅存私房钱，而且还自个儿想办法积攒零花钱。

老爸老妈入城自己居住，起初我们每个月将生活费交给老妈，由老妈安排她和老爸两个人的日常开支。我们一再对老妈说，辛劳了一辈子，钱该用就用，不要苛刻自己，逢大的开支我们另外给钱。然而老妈节俭惯了，除开柴米油盐，一年下来还剩余不少。作为两个人的"财政部长"，我们觉得老妈还是比较称职。

没想到不到一年，一次我照例过去看望二老，顺便将生活费给老妈，老爸偷偷地把我叫到一边，吞吞吐吐而又有点不好意思地对我说，"能不能给你几个哥哥说说，下次将我的生活费单独给我，不要全部交给你妈？"我一听，这是准备夺回自己的财政大权呢！然而妈妈的权力被削弱了，管了一辈子钱的她能同意吗？老爸见我犹豫，一口气数落了老妈一手掌政的弊端，一句话，老妈独断专行，老爸不得不反对。

见老爸如此坚决，我便和几个哥哥商量，试着说服老妈放权。最初老妈不愿意。经过不懈的努力和争取，最终老爸获胜。

从此老爸也像老妈一样，办了一张自己的银行卡，家中的日常开支他和老妈各自一半，儿孙给的钱没用完的他们分别存到自己的卡上。有一次老爸让我给他安装手机银行的 APP，我看到他的存款竟然达到了五位数。

老爸的私房钱逐年递增，但他似乎并不满足于此。每天外出散步，看到别人扔的纸板、矿泉水瓶、钢铁、铝合金等可以卖钱的废品，老爸像宝贝一样拾回家，分类捆装，攒到十斤或数十斤便送到废品回收站，喜滋滋地换回几张或新或旧的零钞。

我笑老爸，你又不缺钱，还去拾啥废品？老爸回应，反正一天三顿饭吃了也是闲着，城里拾废品的不少，一来可以保持街道的整洁卫生，二来相当于给垃圾分类，顺便挣点零花钱。自从数年前教会老爸使用智能手机后，老爸与时俱进，在抖音短视频上面不断学到一些新知识，不时从口中蹦出新名词，还居然将自己的拾废品行为提高到城市文明城区建设和垃圾分类上了。

前年侄儿出国学习，老爸取出一沓钱送上门，说出门在外，处处需要钱，叫侄儿自己兑换成外币，好好学习，争取早日学成归来。今年侄女结婚，老爸又取出好多张红红的大钞，语重心长地对侄女说，成家了，要夫妻恩爱，孝敬双方父母，好好过日子。前几天老爸对我说，等疫情过了，你们有时间了，带我和你妈到那些没有去过的大城市好好玩玩，我们自己出钱。

原来以为老爸年老了变成财迷，可能是机体逐年衰弱，缺乏安全感，需要在金钱方面找回。现在才知道，老年人比失去安全感更重要的是无用感。

无论是在对社会的参与度，还是对子孙的爱上，老爸需要继续体现他的有用，在有用中彰显他的价值。

老爸变"财迷"，在满满的价值感中找回了年老的底气和自信。

嫁给退伍军人

经介绍认识时，他刚退伍转业，我恰好毕业分配。

第一次见面他请我吃饭，就在小城的巷子面馆吃了一碗小面，这即便在 20 世纪 90 年代中期，还是显得有点"小气"。

随着交往的增多，他的"缺点"也暴露得越来越多，限于篇幅，只能略举一二。比如讷言，让我的伶牙俐齿无用武之地。欲雄辩时，他回以一笑，画上一个大而圆的句号；生他的气时，他真把沉默当作金子，其实是一根看不见的针，把我戳成泄了气的球，颓然地坐一边，转而生自己的气。再比如缺乏决断力。什么事都喜欢问我而后定，军人的果敢哪儿去了？设若我和他妈妈同时掉落水中，莫非也先问我先救谁，待我发出"指令"后再跳下水吗？

加上共处时我感觉有许多违和的地方，交往数月，我便以不合适为由提出分手。没想到这次他倒果断了——坚决不同意！

直言相告失败，我使出第二招——逢周末他来看我，我便请假休息，让他尝尝闭门羹的滋味。没想到闭门羹让他嚼出了韧劲，这周见不着，下周继续来，下周见不着，下下周继续来，笃定地相信我不可能永远躲着他。我倒是想永远躲来着，没有那么多假啊。工作来之不易，十年寒窗苦读换来，不敢写也写不出"世界那么多，我想去看看"那种霸气而诗意的辞职信。第二招失败，我开始第三招——躲不开是吧？那我就化作做一只愤怒的小鸟或者变身一堵沉默的墙。没想到我这点愤怒和沉默在更深的沉默面前，仿佛面对一个不见底的黑洞，一点一滴被吸入后便毫无踪迹。最后我只能缴械投降，决定再给他一个留观期。

留观八年，在这场持久战中他取得全面胜利，我们步入婚姻的殿堂。

都说婚姻有七年之痒，我们恋爱八年才结婚，不知不觉就过了危险期。

婚后不久有了孩子。这时他的"小气"渐渐成了优点。两个人都是工资族，上有双方老人需要赡养，下有儿子嗷嗷待哺，甭说下馆子了，一分钱掰成两分用都嫌不够。在他的精打细算下，我们不久也像其他人一样，买了房，一番简单装修后，也算给了儿子一个遮风避雨的实质意义上的家。

他曾经的"缺点"——讷言也转变为优点，无论我怎么生气，都不会升级到吵架，更勿论打架。就算我想演独角戏，不出两分钟，自己也会因乏味而收场。老子说，"大辩若讷"，领教久也，我甘愿臣服。何况他正如孔夫子所言，讷于言而敏于行，除了上班，他默默地做着家中的大小事情，照顾儿子，呵护着我，用行动护我周全，疼我入骨，免我惊慌，让我大大过足了宠溺的瘾。即便偶有与预期不一致，谁还能忍心责备？

再说他的缺乏决断力，婚后走过漫长的岁月，他凡事依然"多请示多汇报"，给了我十足的存在感。经典问题我和婆婆同时掉入水中，若真被他遇上，他一定"懵"了，忘记请示，秒回讷于言敏于行的状态，一个猛子扎入水中，左手抓住我，右手抓住婆婆，双腿如青蛙，不停蹬着，迅速往岸上划。

几十年平凡琐碎的家庭生活中，我们竟然没有两看生厌。而且不出意外，婚姻还将存续下去，存续得比许许多多以深情开场的婚姻更长久。

想起交往最初决定分手时同事的劝说，"他毕竟在部队的大熔炉中锻炼过，一定有不少优秀的品格，你不要急于下判断。"

是的，像一块蒙尘的金子，在漫长的岁月中一点一点拂去尘埃，金子的成色和纯度令人瞩目，而我因为年轻，虚荣，差点同他失之交臂。

他是一个退伍军人，然而退伍不褪色，我只能从一个退伍军嫂的角度，在几十年的朝夕相处中将他对家庭的责任感、对爱的忠贞不贰、遇到困难不退缩不放弃、讷于言而敏于行、务实不浮夸、勤俭节约等军人品质屡屡呈现。至于工作上的他如何，留与领导同事评说吧。

替母亲收菜

前些日子，母亲腿疾复发，我给她办了住院手续，让她安下心来好好治疗。然而住院后的母亲并未安心，人在医院，心里却惦记着她的菜园

母亲的菜园离居住地要坐五站公交，下车后还要往山上走四十分钟。菜园所在的那片地是开发商圈地后因某些原因没有开发，闲置着，荒芜在那里。母亲的一个老伙伴发现了"新大陆"，和母亲相约去开辟。

入城居住数年的母亲很高兴重新拥有了土地，哪怕是长满杂草的荒地。她花了几天的工夫，用刀割去齐人高的杂草，用新买的锄头一锄一锄地将板结的土挖松，种上各种蔬菜，曾经的荒地不久就变成一个绿意盎然，生机勃勃的菜园。

住院第一天，母亲便在病床上唠叨："好久没有上山了，不知道黄豆秸秆结荚没有？秋茄子结了几个？应该可以摘了吧？南瓜藤都快蔫了吧？结的南瓜一定老了，可不要坏在土里，可惜了。辣椒树恐怕被

晒死了。八棱瓜不知道结瓜没有？"

我只好安慰母亲，你安心治疗，我空了上山去看看，顺便去替你收菜，有啥情况及时向你汇报。

母亲的菜园一共有三块地，分布三处。地与地之间需要步行十来分钟。周末上山，将两轮车停在机耕道边，我用驱蚊液将身上裸露的地方喷了个遍，沿着小路走向最远的一块菜地。

到达那块地时，土里立着的辣椒树全都耷拉着枝叶，露出坚持不下去的疲态，枝上稀稀疏疏的几个辣椒小得可怜，一副因营养不良而早早夭折的样子。我打电话给母亲汇报，母亲急切地问，"南瓜呢？土地边上的南瓜藤上有没有结南瓜？"我放眼望去，哪里还有南瓜藤的影子。菜园的主人久久不来，南瓜藤早已心碎而亡，连藤叶都化作了泥土。

起身向第二块地走去。这块地种了黄豆，茄子，南瓜，青椒。黄豆长势很好，叶子肥大，一片葱郁，就是没见结荚。给母亲汇报时，母亲一点儿也不着急，听到长得很好时似乎放心了。我突然意识到，黄豆秸秆是不是还没有到结荚的时间？正如小时候别人说我瘦小而贪玩，不是做农活的好手，母亲也不着急一样。南瓜藤只剩一根枯藤，像暮年老人的手指般细小，哪儿有南瓜的影子？母亲在电话中指点着我，说靠近山壁干草遮盖的地方有两个南瓜，茄子边上的草丛中挂着两个南瓜。真是神奇，远在病房的母亲眼睛不仅能看到十几里外的土地，还能穿过乱草看见南瓜。在母亲的指点下，我拾一根木棍，用木棍分开乱草，沿着枯藤一路弯腰寻找，果然在母亲说的地方摘到四个南瓜。

这些南瓜对母亲倒是满腔深情，藤蔓几乎枯死，南瓜也老了，灰扑扑的，蒙着尘土，却依然安静地于乱草丛中等着母亲。辣椒树上结了不少辣椒，个头小，可能还处于发育期间，我没舍得摘。秋茄子有好多个等不及母亲的到来，已抱枝而亡；有几个则是通体金黄，进入它的耄耋甚至期颐了。我仍然给母亲摘回去，心里想着母亲腿疾好了，万一她要继续种菜，这几个可以留作种子。

走到第三块地时，半人高的豆秸秆枝叶繁茂，密不见地。土地边上种着的八棱瓜，藤蔓上结了好几个瓜，我用手捏了捏瓜身，感觉已经长出瓜瓢，应该不能吃了。但我仍然摘下几个个子小的，万一可以食用呢？土壁种着两三株南瓜，方便藤蔓沿着沟壁攀爬，不占地。这儿的南瓜可能种得较迟，藤蔓依然鲜活地往前延伸着。在母亲的指点下，我在沟壁的草丛中找到一个比较大的南瓜。土中的辣椒个头比较大，红红绿绿的，我摘下一些装入袋子。

收获的老南瓜单独装一袋，五个老南瓜，占了大半个蛇皮口袋。茄子，辣椒，八棱瓜另外装一袋，红红绿绿，青青黄黄，色彩鲜艳，煞是好看。一手提一袋，坐上两轮车，满载而归，入城后引得路人纷纷侧目。

我把收获的两袋菜拍照给母亲看，母亲这下才真的安心了。

秋天是丰收的季节，辛勤耕耘后成熟的蔬菜不收回家，就像养育的子女大了，有出息了，在外奔波，没有消息，总会引来慈母的惦记。

母亲在病床上唠叨着她亲手种下的蔬菜，和满头霜发的慈母对游子倚门盼归的心情是一样的啊。

吝啬中的智慧

老妈的吝啬一度让我感到羞愧和困惑。

小时候不愿意带同学到家里玩。有要好的同学非要去，到吃饭时间，我看到饭桌上少得可怜的几样荤素菜，总尴尬得说不出话来。与去同学家对我的款待相比，我感到非常内疚，却又十分无奈。我总觉得妈妈准备的饭菜太少，饭桌上的一扫光，要么体现了一个家庭的贫穷，要么就是主人过于吝啬。而这两点都是我不愿意让同学看到，并在思想上下定论。我怕他们从此看轻我，我怕失去他们的友谊。

然而妈妈的观念是一粥一饭，当思来之不易；半丝半缕，恒念物力维艰。她丝毫不考虑我的虚荣和窘迫。

以前家贫，老妈吝啬还勉强说得过去，如今经济条件好转，老妈依旧吝啬不改，真让我难以理解。

我工作并成家后，在城里有了自己的房子，接老妈同住，帮着带小孩。老妈总爱在卫生间放一盆一桶。洗菜水什么的全都倒入盆桶内，说用来拖地，冲厕所。近 10 平方米的卫生间被盆和桶占了相当的位置，上个厕所不得不小心翼翼侧着身子，稍不留神就会碰着盆沿或桶身。

因为这多出来的盆和桶，贴着洁白墙砖、有着吊顶、装着浴霸的卫生间好像一件华丽的袍子生生地打上两个刺眼的补丁，突兀而难看。在又一次方便时臀部碰着盆沿后，我忍无可忍，对着老妈大声嚷道："水费不贵，咱家不缺这点钱，把盆子和水桶拿开好不好？"

老妈毫不理会，盆和桶的位置不变，照常装着用过的水。天气热了，看到盆和桶，我的火气和天气一样升温，和装满的水一样溢满胸腔。我再次冲着老妈嚷道："水这样装着容易长苍蝇，不卫生，我把它们给扔了！"

老妈不急不躁地回答："我看是你心里住着两只苍蝇。这水又不是一直装着不用，每天拖地和冲厕所都不够，哪儿能生出苍蝇？"

客厅的灯有两组，我喜欢全都打开，亮堂堂的，灯火辉煌的样子，感觉无限繁华。老妈看见，必定给我关掉一组。若是她独自在客厅，有时连灯都不开。我走到门口，她突然出声，常常吓我一跳。

"妈妈，你能不能不要上演'恐怖片'？"我轻拍胸口责怪道。

"为人不做亏心事，半夜敲门心不惊。以前用煤油灯也不兴这么浪费，那时候煤油多贵呀，能借天光就不会点灯。现在虽然用上电了，节约一点是一点，说不定世界上还有多少不能用电的人家。"老人家又开始忆苦思甜了，我赶紧避开。

吝啬的老妈还常常给家中的香皂打上"补丁"。当方形香皂用得只剩下一点点的时候，老妈会把那微不足道的一小片收起来，然后将它和另一块没有用过的香皂粘在一起。一片小小的香皂头紧紧地贴在另一块香皂上，像在裤子的膝盖处缝了一块褪色的布。心情好的时候看，又像小猴子伏在猴妈妈背上，调皮中添了几分温馨。只是我每次洗浴的时候，香皂头老是从香皂上脱落，我不得不像捉泥鳅一样，在哗哗的水流中到处捉拿，一次次将它粘到香皂上去。

都说改变不了他人就改变自己，改变不了环境就改变心态。面对吝啬且固执了一辈子的老妈，我显然无能为力，只好尽力去适应老妈和她制造的一切"惊喜"。

在老妈的"吝啬"持家之下，家中的日常开支呈断崖式下降，以前月光族的我们竟然开始小有存款。近年来国家强调光盘行动，节约用电，节约用水，理性消费，习近平总书记也提倡"厉行节约，反对浪费"的社会风尚，我才幡然醒悟老妈吝啬中的智慧。

《左专》中说，"俭，德之共也；侈，恶之大也"。李商隐也在《咏史》中写道，"成由勤俭破由奢。"看来我还得向古人学习，向吝啬的老妈学习。

第五辑

季节更迭惜流光

品味小满

小满，小得盈满，念着念着，便念出一种欢喜。

春天播种耕耘，夏日万物生长，节气进入小满，物至于此，小得盈满。眼看希望在前，丰收在望，田中的麦苗由青转黄，过不了几日，金色的麦浪将给大地装扮出远接天边的金色怀想。

小满麦渐黄。此时，长眠于地下的海子是否依然梦到了城市外面的麦地——白杨树围住的健康的麦地？是否依然在歌咏健康的麦子——养我们性命的麦子？

我仿佛看到壮年的父亲坐在田埂，吧嗒、吧嗒抽着旱烟，吐出长长的烟缕，双眼望着麦田，和麦子进行着一场深情的交流：蓄着劲儿长吧，灌浆成熟吧，给田野披上金色的纱巾，饱满成熟时学会谦逊地低头，也就到了迎你入仓的时候。

一袋旱烟抽完，父亲已经起身去查看秧苗的长势了。明朝文彭说"我爱江南小满天，鲥鱼初上带冰鲜。一声戴胜蚕眠后，插满新秧绿满田"。

家贫，四个子女需要抚育，父亲没有带冰的鲥鱼可尝鲜，然而田中新插的秧苗得小心伺候：蓄水是否足够？是否到了施肥打药时？小满时节，做好一切，春天种下的一粒粟，才能确保秋天收到万颗子。

小满，小满，念着念着，在父亲的背影中，我念出了万物蒸蒸向上，一切未满，犹需付诸行动，积极进取、努力奋斗的精神。

小满前一个周末回老家看望婆婆，婆婆让我们把菜园中的大蒜全部拔起，削去枝梢，一束一束系好，让我们带回城，晒干后慢慢吃。我见蒜太多了，怕吃不完，坏了可惜，就说留一些在土里，等下次回来再拔。婆婆笑了，说："你没有当过农民，不懂农事，小满不起蒜，留在地里烂，等你下次回来土地中哪里还有蒜？"

小满，满而不损，满而不溢，符合中国传统的中庸之道，忌讳"太满"和"大满"。谦受益，满招损，花开而谢，月圆而亏，日中而倾，物方生方死。世间万物处在一种循环之中，小满，意味着发展的生机，画中的留白，诗中的余味，以及圆满时的谦恭自守和及时收获。如成熟的麦穗，低下谦逊的头，等待收割，才迎来下一季的播种。如春蚕的成长和休眠到吐丝，到结茧化蛹变成蛾子，才进入新一轮的繁殖。如婆婆土地中的蒜，迎来丰收季的及时收取。

小满，小满，念着念着，在自然之道中我念出了一种哲思。

品味小满，我终于懂得，顺应节气，顺应自然的规律和法则，才能过上小得盈满的欢喜日子。

夏日慢美

"时间过得真快，一晃你的初中三年就结束了，再一晃你的高中也没了。"我对着儿子感慨，希望他能听出我的言外之意，只争朝夕，不负韶华。

顽皮的儿子晃了一下他的大脑袋，说，"初中没结束啊！"又晃了一下，"高中没结束啊！"

真是少年不识光阴短，总觉得漫长的岁月有大把的时间供自己挥霍。我空泛地感叹又如何能让他接受"一寸光阴一寸金，寸金难买寸光阴"的谆谆教诲。

时光由长变短，时间由慢到快是每个人必经的历程吧。

小时候的日子又长又慢，漫长得让人心急。

尤其夏日的午后，躺在绿树阴下，嚼一根青草。看着阳光穿过树叶缝隙，撒下一枚枚金币，偶尔枝叶晃动，知道是鸟儿跳跃。蝉鸣在耳边此起彼伏，不息地奏着夏日的曲子。我懒懒地躺着，懒懒地感应着周遭的动静，时不时翻一个身。彼时，作业隐去，妈妈的唠叨消失，绿树留给我一方小小的清凉,绿荫外的阳光依然炙热，太阳迟迟不下山，高亢的蝉声把时间拉得更长，我仿佛是地上一个个滚动着的金币的主人，俨然时间的富翁，这样的夏日午后也悠长得如同一生的时光。

时间变快是进入中考倒计时吧。乡村孩子，本来没有多少紧迫感，但老师一天一天耳提面命地告诫我们没有拼爹的实力，只有拼命，读书是我们这些农村孩子的最好出路，并把中考倒计时的天数写在黑板上，每天更改数字，班上的前几名便有了"长恨春归无觅处"的怅惘，来不及惊叹时间都去哪儿了，从此不再嘻哈打闹，自觉地开始迟睡早起，奋力一搏。

木心在《从前慢》中写道：记得早先年少时/大家勤勤恳恳/说一句是一句/清晨上火车站/长街黑暗无行人/买豆浆的小店冒着热气/从前的日色变得慢/车，马，邮件都慢/一生只够爱一个人/从前的锁也好看/钥匙精美有样子/你锁了，人家就懂了。仿佛推开一扇回忆的大门，伴随着吱呀一声，带着纯净古朴气息的生活画面出现在眼前：勤勤恳恳的纯真少年，小店的豆浆冒着热气的，传递爱意的车马邮件，好看的锁和精美的钥匙。半生漂泊的木心也觉得从前的日子慢。木心一生共出版二十五本著作，或许正是他后来对时光有了如白驹过隙的那种飞逝感，才偶尔偷闲，打开了记忆的闸门，穿越到从前的慢。

唐末大将高骈某日远离沙场，收刀入匣，独立于山亭，眼中无旌旗猎猎，耳中无战鼓声声，他如一只猛虎，收敛起锋利的爪子，惬意地享受着夏日的明媚和鲜丽，暂得的闲逸中感受到了夏日的悠长和美好:绿树阴浓,池塘中楼台倒影,如水中宫殿,微风拂过,似水晶帘动,凝神之时,花香入鼻,沁人心脾,原来是院子中的满架蔷薇氤氲。武将高骈很好地体现了一张一弛的文武之道,若终日浸润于悠长的夏日和蔷薇的芬芳,不一定有这样的心境和敏锐的感觉。

只有领悟过时间的倏忽而逝和一去不复返,在应该奋斗的年纪没有选择安逸,应该拼搏的时候没有辜负光阴,偷得浮生半日闲时,才能捕捉到绿树阴浓夏日长中的慢美。

山中消暑

　　暑热正盛，借周末之机，走出密闭的空调屋，入山寻幽消暑，可得浮生一日闲。

　　山最好远近适宜，兴起晓来驱车，兴尽日落返回；山当海拔相宜，一千米左右，冬有白雪夏有凉风；山需植被茂盛，浓荫蔽日，满眼翠色生凉意，阴凉处暑气尽无。

　　刘禹锡说山不在高，有仙则名，凡人探幽消暑之地，无须名山，但有寺庙为佳。有寺庙便有香火，有香火则仙气人气兼而有之，而仙气人气聚集之地，吃饭问题便很容易解决。

　　这样的山自成佳处，佳处自有人来。当我到达时，山上的停车场早已停满了车，形成静止的车流。没有喇叭声和驱驰声，停着的一辆一辆车仿佛是从山中长出来的，成为森林的一部分。

　　像巡山的人，行人三五几个往山顶而去，也有一小群一小群从山顶下来。探幽完毕，觅一林间空地，铺上睡垫，在两棵古松间系上吊床。

阳光透过枝叶缝隙洒下金光点点，松风送来阵阵清凉。入山的人在各自的睡垫上四肢伸展，或蜷曲侧卧，或盘腿而坐，在寺庙送来的梵音中像一只猫尽情地享受光阴的爱抚；或者干脆让身体置于吊床，接受摇篮的呵护，在轻缓的摇摆中读书，聆听，闭目，忘记今夕何夕。

人与山融为一体，像树木无拘无束，自由自在伸展着枝叶，像树木那样获得一种超然舒缓的喜悦。

小孩子在古木阴中不知疲倦地跑来跑去；有香客在卖香买纸钱，也有人跪拜祈愿；卖西瓜的人任由一个个西瓜在地上摊开，也不吆喝，任由来往的人看或不看，买或不买；散落的农家屋有炊烟袅袅，有食客进出；石洞打造的零食站点各类吃食琳琅满目，进进出出的人手中捎带着什么，门前的松间空地摆着喝茶的小桌椅，几个游客在喝茶嗑瓜子，聊着什么，似乎什么也没聊。这样场景中没有人觉得喧嚣，茂密的森林像一个巨大的消声器，所有的声音都被消隐了。

我和家人很少说话，就这样或坐或卧，或行或止，在参天古木的茫茫林海中，感受着大自然的气息。"草在结它的种子，风在摇它的叶子，我们站着，不说话，就十分美好。"这是顾城的诗意，也是我们在山中或眠或醒中感受到的诗意。饿了起身去吃一碗豆花饭，森林中山泉水煮出的石磨豆花在舌尖上绽放出不一样的滋味。

回城，有人询问，就在森林中度过了一天啊？我平静地回答，是的。心灵在层峦叠翠中完全沉静下来，此种愉悦非亲历者自是难以体会。

王阳明深谙自然之趣，作诗云：饥来吃饭倦来眠，只此修行玄更玄。说与世人浑不信，却从身外觅神仙。

松风阵阵，可洗濯心灵之尘；蝉声悠悠，可润泽舒展身心之劳；饥来可饭，倦来堪眠，已是蓬莱之仙，何必更寻蓬莱？何必另觅神仙？

周作人说，同二三人共饮，得半日之闲，可抵十年尘梦。

山中消暑，得一日之闲，做一日神仙，可抵多久的尘梦呢？

一窗鸟鸣

初搬入小区时，窗外是种植不久的稀稀的几株小树苗。数年过后，成排的树苗一蹿十几米高，蔚然成林，并排枝叶相接，一片繁茂。不知道哪一天开始，这一片茂林便成了鸟儿的天堂。

凌晨，大自然还没有从沉寂的夜中醒来，成群的鸟儿已在窗外呼朋引伴。先是一两声啾啾、唧唧、吱吱……逐渐变成叽叽喳喳、嘈嘈切切的大合唱。

早起的鸟儿有虫吃，一窗鸟鸣，仿佛催促我，"起床了，起床了，新的一天开始了"。一日之计在于晨，在欣欣鸟鸣中，这一天必须完成的事在我脑子中过了一遍，然后起床洗漱准备早餐，在温暖的烟火中开启新的一天。

一窗鸟鸣，带给我的是一窗欢喜，一窗安然。鸟有栖息地，人有落脚处，万物各归其所，真好。鸟儿在人间欢呼，实现了鸟类的诗意栖居，我能在人间发出怎样的声音，以怎样的方式实现我的诗意栖居呢？

前些日子在高速路口值守，帐篷临时搭建在几棵枝繁叶茂的大树下。夜深行车减少，值夜班的数人便轮流在帐篷的行军床上小睡。凌晨四点，总有人躺下后不久又揉着惺忪的睡眼起床，说鸟儿太闹，睡不着；也有人说他刚闭上眼，又被群鸟惊醒。语气中颇有怨意。接连几个夜班，我试着观察，鸟儿似乎与人一样机体内有着生物钟，夜深时众鸟栖息，鸟声沉寂，夜便如同一个睡袋，合上了拉链，四周万籁俱寂；凌晨四点左右第一只鸟醒来，发出第一声啼鸣，随即第二只鸟、第三只鸟呼应，渐众鸟呼应，啼鸣渐入佳境，群鸟春情亢奋，生机盎然，于是啼声破晓，迎来黎明。人的作息紊乱，不能酣眠，倒怪鸟儿太闹。鸟儿按照自己的生物钟作息，它能有什么错？

唐朝有一个诗人嫌鸟鸣太闹，惊了她的美梦，故嗔而打鸟，作了一首诗，传诵至今："打起黄莺儿，莫教枝上啼。啼时惊妾梦，不得到辽西。"这其实是诗中的"无理之妙"，黄莺儿歌声优美，长久以来一直在自然界展示着它的歌喉，诗人做梦，自己梦断醒来，未能在梦中到达辽西与夫君相会，这怪得着黄莺儿吗？黄莺儿有什么错？

去年冬季，每天早晨上班，需要穿过一个广场。广场边上并排有几棵几十年的大树，树名不知，当其他树木凋尽落叶，剩一身枯枝瘦骨，如利剑直指苍穹时，这几棵树却枝叶婆娑，亭亭如盖，绿意盎然，它们成了鸟儿遮风避雨的家，成了它们嬉戏的乐园。我总看到一群醒来的小鸟呼啦啦欢叫着从一棵树飞向另一棵树，它们哗然如水流奔泻的鸣叫声，它们翅膀扇动如大幕拉开的声音，在阴霾沉寂的冬日格外生动，像耀眼的焰火，展现着生命的愉悦、明亮，唤起我生的欢愉和感动。

王阳明说，心即是理，心外无物，心外无理，心外无事。当我们怪鸟鸣太闹的时候，是不是我们的心太闹了？当鸟儿惊醒我们的美梦，是不是梦本来就应该醒了？

我总觉得，被鸟鸣唤醒，是一件无比美妙的事儿，它让我们清醒而美好地活着，活得真切而生动。

凉风有信

傍晚散步，看到三五个小孩逐风而跑。他们时而跑这边，时而跑那边，边跑边大声叫着："风在这儿"，"风跑了，风到那边了。"

时有微风拂过，风向不定。目光掠过他们的天真，我不禁笑了，风从哪儿来？风到哪儿去？一群可爱的追风儿童，他们能抓住风吗？

处暑已过，似乎并未出暑，气温依然持续40摄氏度以上。然而，比起前些日子，季节已然切换到了"秋"的模式，显示出它与盛夏的不同。

凉风有信，已有微凉。它不像盛夏时日，即便偶有一缕风，也是如同火舌，舐过肌肤，留下烧灼的痕迹，如同太过浓烈的爱，不给人喘息的机会，让人在汗流如柱中深切地感受它的炙热。如今的风终于收敛了一些热烈和狂放，多了一分婉约与清凉。"风生于地，起于青萍之末"，青萍颔首。风掠过城市树木，林木窸窣有声。风拂过孩童的衣袂、发梢，像大人含着爱意逗弄小孩，引来孩子的"咯咯"笑声。风起，小孩一路追逐，他们是想抓住那一丝凉意，正如大人逗弄时，他们于"咯咯"的回应中抓住爱,纯真无邪的孩童在追逐中最先捕捉到秋风的微凉。

　　凉风有信,虫儿回应。树林里,草丛中,收割后的稻茬上,菜园子,墙角根,虫儿或鼓腹,或振翼,嗡嗡唧唧,啾啾嘶嘶,嘈嘈切切,声音时长时短,时高时低,曲曲折折,若有若无,那是它们的管弦合奏。小时候住在乡村,三面环山,一面环水,屋后和屋的两侧除了几块菜园,便是长着茂密树林的山,屋子前面是梯田。山深秋意总来早,初秋的夜晚,月暗星稠,一个人在院坝乘凉,四面虫声汹涌,无处不在,不单是自己,仿佛整个低矮的屋子都淹没在虫声之中。那时候脑子合着虫声的节奏,想着外面的世界,有着盼望长大却久等不至的少年之愁。

　　凉风有信,秋月无边。风月之中,易起风月之思,客途之恨。月上柳梢头,人约黄昏后。偏偏一个人独在他乡,抬头望月,无人可约,唯满地清光,和不时拂来的风一起,撩拨着异乡人的心,旅途之思自然涌上心头。叶廷瑞"耳畔听得秋声桐叶落,又见平桥衰柳锁寒烟",自然吟出"思娇情绪好比度日如年"。人到中年,疫情之故,每日上班,在医院和家之间往返,几年不曾远行,生老病死,迎来送往,每到秋来,思情不多,然浮生如寄之感却是难免。心情浮躁,情绪波动时,也以"人生百岁,白驹过隙,更有无常,难以预料"来唤起自己的如寄之感,如此安抚并说服自己珍惜当下,少一些计较,保持一份美好的心境享受大自然、亲情、爱情、友谊等生命本身带来的快乐。

　　知道岁月尽头的荒芜,知道生命的最后都是无一例外地化作一抔土,我们才用心去迎接每一个季节的变换,欢欣着季节的更迭,像那几个追风儿童,风来时,抓住一份微凉,切切实实地感受当下的美好。

凉风有信，就是让我们用心感受微凉，静心听一听虫鸣，珍惜自然万物和生命的赠予，过好每一天，如此才不辜负生命本身，不枉来世上一遭。

处暑有味

《月令七十二候集解》中有言："处暑，七月中。处，止也，暑气至此而止矣。"诗中有"离离暑云散，袅袅凉风起"，"处暑无三日，新凉直万金"的说法，民间有时会借用入伏、出伏的说法，把处暑叫作"出暑"，表示从暑热天气中出来了。似乎处暑一到，暑热尽去，凉风绕绕，不亦快哉。

然而处暑真的意味着暑气终结、炎热结束了吗？答案是不一定。农谚有语，"处暑天还暑，好似秋老虎。"我所生活的南方就持续保持35摄氏度以上的高温状态，天气继续被副热带高压控制着，是名副其实的"秋老虎"，秋天总是让人觉得姗姗来迟。

然而，处暑的味道正在于季节流转，欲去还留，欲止还行，欲罢还休的告别仪式，有一种执手相看的温度。那一种前行中的留恋和珍惜，像一个踌躇满志而多情的人，一边奔赴远方，一边止不住回望那些走过的路，经过的岁月像慢镜头一样在脑海中交替出现，仿佛又把来时的路走了一遍。处暑又像一头反刍的牛，把粗嚼后咽下去的食物再返回到嘴里细嚼，品出更多的滋味和营养。

处暑正是这样一个有血有肉的节气，它坚定而不决绝，它清澈而有游鱼浮藻。它不是高大全似的让人仰望，而是和凡人一样有着人间烟火气般的可亲。

处暑的味道还在于它特有的色彩。"处暑满地黄，家家修廪仓。""处暑三日割黄谷。""处暑高粱遍地红。"处暑是收获稻子和高粱的大忙时节。无论是低垂着头的黄澄澄的稻子，还是像一支支火把一样高擎着的高粱，它们都阐释着生命的激情，给人一种沸腾和燃烧的感觉。

大片的金黄和红色正是属于处暑的颜色。这样的红与黄之美如织锦，若云霞，璀璨夺目，使人震撼，让人惊心动魄。试问有哪一个节气像处暑这样带给人视觉上如此强烈而直观的冲击力？

处暑的味道更在于它丰收的喜悦和味觉的记忆。我国古代一些文学作品将处暑分为三候："一候鹰乃祭鸟；二候天地始肃；三候禾乃登。"其中的"禾乃登"的"禾"指的是黍、稷、稻、粱类农作物的总称，"登"即成熟的意思，五谷丰登。每到处暑，在南方，稻谷通常优先拉开丰收的序幕，而北方，田里的高粱也变得红而饱满。在人们躬身收割的身影中我总是看到一种纯朴与满足，那些饱满的稻谷和高粱正是农人们一个个朴素愿望的凝聚。

记得小时候，虽然秋老虎发着秋威，炎暑逼人，我最喜欢的还是割稻晒谷的日子。汗水从脸颊上淌下，心中却想着即将尝到的新米。稻子晒干后背到生产队的加工房打米，再将晶莹剔透的新米背回家，母亲总会盛上两碗做成当日的午饭或晚饭，谓之"尝新"。那清香滑糯的味觉记忆，至今想来，依然唇齿生香，仿佛有花朵在舌尖上绽放。宋代诗人吕本中也有"尚可留连否，年丰粳稻香"的吟唱。可见，味觉记忆是最长久和最美好的回忆。

处暑，正是带给人这样的喜悦和美好——关于丰收，关于味觉。

处暑有味，味在温度，味在色彩，味在心上和舌尖。

白露垂珠诗意浓

白露垂珠，凉风送爽，在露与风的相逢中，季节才算真正送走了酷热难耐的长夏，迎来惬意而优雅的秋。

白露时节，天气转凉，然白昼尚热，水汽蒸发到空中，夜晚寒生露凝。古人以四时配五行，秋属金，金色白，以白形容秋露，故名"白露"。白露是二十四节气中的第十五个节气，秋天的第三个节气，表示孟秋时节结束和仲秋时节的开始。

"蒹葭苍苍，白露为霜，所谓伊人，在水一方。"口中念着白露，我仿佛看到一个素净的女子，从几千年的《诗经》中款款而来，带着薄荷的清香，带着风摇芦苇的清凉。她越走越近，晶莹的露珠在青碧的叶片上欲坠不坠，像给她素色的衣裳挂上银色的珍珠，像"既见君子，云胡不喜"时心中澄澈的忻悦。

我喜欢白露。白露，秋始，不再汗流如注，不再潮湿黏腻。节气进入白露，我不再像夏日那样仓促与狼狈，我有了秋的清凉和温婉，我可以做回温雅的女子，在曼妙的世界里，不疾不徐地来去。

"露从今夜白，月是故乡明。"从今晚开始，就是白露时节了，杜甫在异乡，低头看到草叶上滚圆的露珠，映照着那一弯并不明朗的眉月，他想念起故乡来。异乡之月终究比不上故乡的月明亮啊。有露有月之夜，人的思乡之情总是倍加浓稠。

秋本是一个多情的季节，白露为秋轻启一扇门。

"凉风白露夕，此境属诗家。"静静的夜晚，叶尖上的露珠在凉风中摇来摇去，露珠中折射出寥廓的秋，敏慧的诗人见此，一颗心不禁随之摇曳，这样的境界可以引发多少诗情啊。

白露中有着诗人的意境，白露中还住着诗人的悲欢哀乐。

"白露滋园菊，秋风落庭槐"，清凉的露水滋润着园中的秋菊，秋风吹落庭中的槐叶，写出了秋意；"八月白露降，湖中水方老"，八月白露降落的时候，一湖秋水荡漾，一个"老"字，秋味浓郁；"白露沾碧草，芙蓉落清池"，一"沾"一"落"，秋的灵动已在眼前。白露和风一起，像一个调皮的孩童，拿着手中的画笔，行到之处，随手一点，便点出秋的意境，让人在一派秋色里，谙尽秋的意味。

白露是一首灵动的诗，是一阕婉约的词，空灵而纯净，清幽又深邃，让人沉醉。白露是一份曲折的情，让人心生喜悦，又添相思。

白露垂珠送秋来，秋始白露，白露含秋，愿我们在白露的诗情与清雅中品出属于自己的美好。

不曾错过一场好雪

一场曼妙的雪，纷纷扬扬，从北到南，在我的朋友圈肆意飘落。

我从未错过一场好雪。

初雪时，我和同事忙于工作，无暇赏雪。再次下雪时，年已悄然而去，和所有的上班族一样，我已经回到自己的工作岗位。然而，一场好雪总会以她的方式与我缱绻，同我翩飞，激起我的童心，点燃我的诗情。一场好雪总会进入我的视野，照亮我，抚慰我，滋润我。那是雪同我的约定，也是雪对我的照拂。

北方的雪下得磅礴，仿佛是为了庆贺盛大的中国年，仿佛是为了装点北京冬奥会的开幕，雪花以大如席的姿态，将山川银装素裹。天与地，山与水，上下一白时，一抹靓丽的中国红款款而来，在悬挂的红灯笼和张贴着的墨香四溢的对联中，在冬奥会上中国代表团手中挥动的国旗和一身喜庆的羽绒服中，一场丰美的文化盛宴正在上演。

一边饕餮文化大餐，一边随着友人驱车入山。在凛冽中感受雪极致的美。上山时，雪还不算大，在雪地上咯吱咯吱前行，朔风的呼啸和踏雪的声音合成一曲天籁。回看身后，那些深深浅浅的脚印是大自然和人合写的诗行。友人录下天籁之音，将诗行装订成册，在朋友圈举行发布会，这两部绝世佳作便得以传之于世。

雪越下越大了。早早准备好的防滑雪链也不能引领一辆车准确地驱驰在下山路上。于是，一场浩大的雪，成就了久违的篝火之夜。在滋滋燃烧的柴火堆旁吃着烧烤，荒寒之境的烟火总是有着别样的滋味，深刻地提醒着存在的幸福；唱一支歌，倾听大山送回自己的声音；跳一曲舞，在火光和雪光中把缭乱的舞姿留给大山。大雪馈赠的夜如此迷人，它以光的速度将我席卷，赐千里之外的我以同样的雪夜。

南方少见雪。今年海拔八百米以上的地方竟也飘飘扬扬，一夜琼花飞舞，晨起便垫了松松软软的一层。棉被一样铺着的雪已足够大人孩子开始一场狂欢。以雪的名义挑起一场战争，不是为了胜负，而是把洁白而冰凉的雪扔到对方身上，让对方更真切地感受到爱的温度。一起堆一个雪人，可以是肋下生翼的天使，可以是一个有着乌亮眼珠的圆脸男孩，也可以是绽放成太阳花的乐观女孩，或者堆成一只老虎，寅虎迎瑞雪，或者随便什么动物，随便什么形状，只要喜欢，便是同雪的一次绝美相遇。漫天飞舞的雪花，各式各样的雪人，裹挟着春风，拂面而来，点亮我的眼眸。在雪的狂欢中，我从来不曾缺席。

他朝若是同淋雪，此生也算共白头。在大雪飘飘的日子里，雪花在两个相爱的人头上把青丝变成白发，这何尝不是白头偕老？时光不曾辜负深情，念念不忘，必有回响。哪怕往事如烟，哪怕重峦叠嶂，总会等到一场好雪，总会步入一场好雪。

正如唐朝岑参笔下那场梨花般的雪，仿若一夜春风，千树万树梨花开，飘飘洒洒，从古到今，一直在我们的视野中飞扬。

无论在哪儿，无论在做什么，雪花总会以她的方式飞入我们的视野。

谁也不会错过一场好雪。

谷雨插秧正当时

谷雨，取自雨生百谷之意，是春季最后的一个节气。谷雨时节，雨量增多，空气湿度加大，是庄稼生长的好时光。春雨绵绵，雨生百谷，既是节令气象，又是农业气候，农耕文化。

《群芳谱》记载："谷雨，谷得雨而生也。"农人对节气和农事总是熟谙于心。

在我的家乡，谷雨时节正是插秧时。

记得小时候，谷雨前，父亲便会牵着水牛，身披蓑衣头戴斗笠肩扛犁铧下田，把每一块田地细心地耕翻一遍，耙耱平整，蓄水待用；父亲还用铁耙一次次抓起湿泥加固田坎和田壁，以防渗水。

谷雨一到，父亲便把事先育好的秧苗用背篓背到田边，开始插秧。每年的插秧都是一场盛大的农事，也是春节外我最喜欢的日子。村子里的人习惯你帮我我帮你相互帮衬着完成插秧的活儿，俗称"换活儿"，那时没有工钱的概念。家家请人插秧都会准备出比平时好的饭菜，起码有荤有素。两个正餐之间还有加餐,称为"打腰台",又叫"打点心"。

记得我家插秧的日子,父亲带着大点的哥哥和乡亲们下田插秧,母亲在家准备餐饭,我年龄最小,跟着母亲打杂,随时听候她的使唤。午饭前约两小时,母亲煮好面条或醪糟汤圆之类的小吃,由我送到田坎边。水田中的叔伯阿姨看到点心送到,便从田中起身,浇一把水洗净双手的泥,到田坎上或蹲或坐,一人一碗一边说笑一边呼哧呼哧地吃完,再下田继续插秧。

他们吃的时候,我玩着泥巴盯着秧田假装不饿,也不馋嘴,小吃是给插秧人补充体力的,我必须懂事。等他们下田继续干活,如有剩余,我便胡乱抓一个碗,风卷残云一扫而光,然后背着空碗空锅回家。

手把青秧插满田,低头便见水中天。六根清净方为道,退步原来是向前。布袋和尚写的《插秧偈》不仅诗意盎然,而且富有哲理。农人弓着身子像变戏法一样,把秧苗整整齐齐地一行行插满水田,看着轻巧而美丽,像一幅油画,又像农人信手写出的诗行。事实上,插秧是个不小的体力活儿。我对插秧人可以心安理得地吃上小吃,而未插秧的我必须懂事早已心怀不满。某一日,便主动请缨下田插秧。亲自干活了才知道,弓着身子不停插秧绝不是写字涂鸦可以比拟的,更不是如诗如画般的美丽。下田不久,我裸露的手臂小腿便布满大小不一的疙瘩,而且瘙痒不已,那是蚊虫的奖励;腰杆酸软欲断,大人还取笑说小孩哪有什么腰杆。半天工夫不到,体验到劳动艰辛的我厚着脸皮自动罢工。从此对插秧人可以吃小吃"打腰台"才心服口服了。

谷雨的由来很有意思。据《淮南子·本经训》"昔者仓颉作书,而天雨粟，鬼夜哭"，由于仓颉造字功德感天，黄帝便赐给人间一场不平常的雨，落下无数的谷米，即谷子雨，以慰劳圣功，后人因此把这天定为谷雨，成为二十四节气中的一个。

我疑心这个传说是源于农人的憧憬和向往。谷雨插秧，雨生百谷，辛勤劳作后，希望有一场淋漓尽致的谷子雨，滋养人们的肠胃；希望成熟的谷子像一场酣畅淋漓的雨，润泽农人的心田。

春种一粒粟，秋收万颗子。谷雨插秧，便是插下希望。

春来无处不茸茸

嫩草柔香远更浓，春来无处不茸茸。

春在茸茸的青草中，以流淌的碧绿和四溢的清香漫漶而来。

最爱晴好的周末，带一本闲书，准备一点儿零食，携亲邀友，三五同行，寻一山野佳处，安营扎寨，消磨半日春光。

先是草坪发来邀请。在毛茸茸的绿毯上打几个滚儿，仿佛回到生命的初春。不经意间，童真童趣便在打滚儿中回到身体。那延伸的茸茸的绿是大自然绝好的清洁剂，洗去中年的尘埃和沧桑，洗去眉间褶子中的不如意，回到童年的明朗，洁净。因为这茸茸的绿，世界也回到童年眼光中的簇新。还有什么值得抱怨的呢？未来就像一盒巧克力，等着我们去打开，去品尝。

草坪间，一定有一棵枝繁叶茂的树，在密叶漏下的光圈中，我们打开零食，也打开话题。随意的话儿像跳宕的光斑，闪闪发亮，不必捉摸。金光和闲语都是茸茸的，温暖，柔软，而又熨帖。话题无须每个人都参与，不愿意说话了，可以在春光中到处走走。步步春晖中，长着嫩叶的枝条像一个个多情的故人牵衣叙话。风月无常主，闲者为主人，我是今日山野的主人。微风轻抚着双颊，鸟鸣荡涤着喉咙，野花擦亮双眼，怡然中仿佛生出轻盈的翅膀，情不自禁地学着飞鸟，唱出对春天的爱恋。歌声像阳光照耀下的碧丝，跟随着风的脚步茸茸地向远方蔓延。

春日暖阳，并不灼人，但在醉人的春光中行之稍久，如饮春醪，有微醺之感。此时，适宜回到安营扎寨的草坪。带上的闲书便派上了用场。坐在树荫下，和山间清风一起打开书本。清风也识字，无事共翻书，翻到哪页读哪页。书中的字在树叶的映照下，茸茸地泛着绿，柔柔地溢着香，读过几页，一颗心仿佛泅满了枝叶的清香。

困了，向同行的或亲或友道上一句，以地为床，以天为被，闭上眼睛，打一个盹儿，或许还会做一个绿茸茸的梦。

不管做不做梦，这风轻日暖的春日，和这嫩草柔香中的半日消磨，它们都如梦一般，让人回味。下山时，已然是一个与梦同行的人。

春来无处不茸茸，春光和春色会把一颗坚硬的心变得柔软。

春日融融，春草茸茸，最是踏青时候。归来，必然心也融融，身也茸茸。

听春

你听到春天的声音了吗？

春姑娘载歌载舞而来。她的声音由远而近，由模糊转为清晰。

春雨是春姑娘歌声中的音符。沙沙，沙沙，飘落溪河，春水初生；洒入森林，春林初绿；纷飞山野，春草初萌。在春雨丝丝缕缕编织的乐曲中，柳树、杏树、李树、桃树在公园、在河边、在乡间小径撩起裙摆，跳起欢快的舞蹈。春雨编织的乐曲擦去天地的尘埃，天空湛蓝如海，云朵洁白如棉，山川河流处处变得清亮活泛。

春风是春姑娘手中的画笔。刷刷，刷刷，绿了大地，粉了桃枝，红了海棠，白了樱花。在她的画笔下，春天是一幅哗然掀开的画卷。

春风还是春姑娘手中的剪子。咔嚓，咔嚓，给李树裁好了白色的嫁衣，给迎春披上了一张黄色的纱巾，给柳枝剪出碧玉般的细叶。在她的剪子下，春天是一个装扮靓丽的待嫁新娘。

鸟的啼鸣是春姑娘的伴奏。

黎明时，先是一只早起的鸟儿在枝头高歌，催促同伴起来捉虫，也唤醒睡意蒙眬的我。很快，扑腾翅膀的声音一阵接着一阵。然后，"嘀哩嘀哩""咯咯""咕咕""吱吱啾啾"的协奏曲响起，由不得我不起床。在天籁般的优美乐曲中，谁还有"打起黄莺儿，莫教枝上啼。啼时惊妾梦，不得到辽西"的春怨呢？一年之计在于春，一日之计在于晨，我庆幸百鸟奏春归，鸟鸣催我行。在群鸟的伴奏中，我开始耕耘我的梦。

　　太阳是春姑娘脚踝上挂着的小铃铛。闪烁的光圈是她细碎的舞步。叮叮当当，一步一春风，一步一闪亮，春姑娘袅袅娜娜，在我们的视野的尽情舞蹈。合着她的节拍，校园的大门在关闭了一个寒假后敞开，学生们背着书包像涌动的春潮，进入各自的教室，用琅琅的书声点燃一个冬的寂静。农民们合着她的节拍，带上犁铧，牵出牛栏中休养了数月的耕牛，走向田野，"吁吁"、"吁吁"的吆喝声中唤醒沉睡的土地。上班族们合着她的节拍，一番洗漱，穿着洁净的工作服，哼着小调儿奔向各自的工厂、公司。

　　在春姑娘的歌舞中，在春天的律动中，各行各业的人们耕耘和收获着自己绿色的希望。

　　春天是有声音的，春天是一曲天籁。当我们把希望种在心里，合着春的节拍，一步一步踏实地耕耘，满世界听到的，都是春天的妙曲。

细雨湿清明

千载清明，逐雨而来。

仿佛老天也知道这是人间寄托哀思的节日。从古至今，每到清明，总会下一场雨，丝丝缕缕，沾衣欲湿，添得愁思几许。

最耳熟能详的莫过于唐朝杜牧的断魂句：清明时节雨纷纷，路上行人欲断魂。借问酒家何处有，牧童遥指杏花村。

到了北宋，词人柳永"拆桐花烂漫，乍疏雨、洗清明"，唱出了千年前的那场疏雨，洗得万物洁净，天地清明。苏东坡在《南歌子》中吟哦："夜来微雨洗郊坰。正是一年春好、近清明"。

南宋时期，吴文英"听风听雨过清明"。杨万里诗中也有记载：今年寒食与清明，各自阴晴作么生。细雨千丝不成点，如何也解滴檐声。因为细雨千丝，他闭门不出，而得春寒句：闭门独琢春寒句，只有轻风细雨知。

到了元朝，张翥有清明连日雨，侵晓乍收的诗句：清明时节每多阴，杨柳人家花满林。侵晓乍收连日雨，赏春常负百年心。明清之交，反清复明的斗士屈大均写下《壬戌清明作》，其中有句"朝作轻云暮作阴，愁中不觉已春深。落花有泪因风雨，啼鸟无情自古今"，记录了风雨清明，人添愁绪，花也落泪，却是啼鸟无情，没心没肺，从古啼到今。

"小楼忽洒夜窗声，卧听潇潇还渐渐，湿了清明。"清代郑板桥的一个"湿"字，将清明前后多雨阴湿的物候天气特征，表现得淋漓尽致，入木三分。

记得多年前的清明节，也是细雨霏霏，上幼儿园的儿子首次放假三天，兴奋地问我，什么是清明节？平常陪伴他的外公外婆回老家参加宗亲会去了，留我相伴。当我解释说清明节是祭祀祖先，缅怀先人的节日，亲人逝去后人通过上坟扫墓等寄托哀思，儿子竟然有了深深的愁思，问我会不会死。当我肯定地回答每个人都会老，都会死的时候，他带着哭腔说，不希望我死，也不希望我老。直到我解释我还会活很多很多年，还要陪着他长大，看着他结婚生子，也尽量保持一颗永远年轻的心时，他才释然。

然而他的哀愁并没有远去，像细雨丝丝，缠绕心头。因为放假，平常一起玩的小朋友不在家，一整天他为没有小朋友陪他玩而烦躁，而悲伤。动画片《奥特曼》和他一贯玩的游戏也抚慰不了他的愁思。那一天，因儿子之愁，我也因雨生愁，盼着云销雨霁，带着儿子外出踏青，寻到他喜欢的伙伴。

后来，年年清明，依然丝雨绵绵，在成长中逐渐明白并接受了人生的诸多无奈，反倒淡了一分哀思，少了一分愁情。清明时节，一边透过蒙蒙烟雨，思念远去的亲人，一边踏青赏花，继续着当下的生活，以好好活着的姿态告慰九泉之下那些深爱自己的人。

春雨中的遐思

晨起，听到窗外汽车轮子席卷着雨奔驰的声音，推窗而望，春雨霏霏，斜斜地飘落在大地的琴键上，正奏响着一曲春天的乐章。

雨细细的，柔柔的，轻轻地敲在我的心上。我看着，听着，情不自禁地吟出韩愈的诗："天街小雨润如酥，草色遥看近却无。最是一年春好处，绝胜烟柳满皇都。"

春雨丝丝，沾衣欲湿，我步入迷蒙烟雨，在温润的雨中缓缓而行，甘愿做一个没有伞的孩子，享受雨丝飘在脸颊、飞入裸露脖颈的浅浅冰凉，感受凉意滋生出的诗意世界。春雨绵绵，像一个多情的人，伴我一路，共我缠绵。春雨沙沙，在我耳边说着春天的情话。

大街上是一片伞的海洋，像一顶顶五颜六色的蘑菇，在雨中滋生，在大地上移动。我细细地看，不知是否会遇到一个撑着油纸伞的姑娘，丁香一样的颜色和芬芳，迈着细碎的脚步，向我走来。我细细地听，不知是否有人在呢喃，"天青色等烟雨，而我在等你。"

雨丝有着丝绸的柔软。这柔软的雨像是为梦定做的裙裾,袅袅娜娜,如纱似雾，泛着银质的光芒，点亮着我的眼。

春雨足，染就一溪新绿。这清新的雨是大自然手中的画笔，在大地的画布上勾勒着山山水水。池塘中挥毫，一夜春水生；泥土中涂色，草芽勾勒成茸茸的绿；枝上涂抹，园柳变鸣禽，早樱装点得粉是粉、白是白的，桃花吐出艳红，结香描成淡黄；泼墨远山，烟雨中的山如一幅灵动曼妙的水墨画，有盛唐画风，有宋词遗韵，有如梦令的婉约，有酹江月的豪放。

我在春雨中行走，不知不觉心上似乎也滋生出茸茸的绿，像农民播下的种子，在春雨中生长着秋收的希望。

好雨知时节，当春乃发生。随风潜入夜，润物细无声。"小时候读到杜甫的《春夜喜雨》，总疑心这首诗是专门为爸爸妈妈一样的农民而作的。他们对春雨的喜爱有过之而无不及。

春雨贵如油，一场春雨，如一道命令，把他们从年的清闲中抽离出来。他们披蓑戴笠地奔向田野，一下变得忙碌起来。翻拾土地，播种庄稼，移栽蔬菜，他们用锄头、用双手实实在在地触摸着春，在春雨中抒写着他们的诗行。

春雨敲开了春天的大门，春雨开启了充满希望的梦的旅程。

秋分是诗意的催促

白露秋分夜，一夜冷一夜。中秋的圆月仍在人们的心空散发出明亮而温馨的清辉，中秋的月饼味还在唇齿间流连，秋分的脚步却悄然而至。一场秋雨一场寒。在温度的变化中，我们找出衣橱中的长衣长裤，倏然醒悟节气已然切换到"秋分"模式，容不得我们再肆意裸露肌肤了。

秋分是农历二十四节气中的第十六个节气。古籍《春秋繁露·阴阳出入上下篇》里说道："秋分者，阴阳相半也，故昼夜均而寒暑平。"秋分之"分"，为"半"之意，秋分这一天，刚好是"秋之半"。

节气进入秋分，寒凉开始，农事跟着进入秋收，秋耕，秋种的"三秋"大忙时节。有着朴素智慧的农民不会让自己播种下的希望化作一场空。他们瞅准时机，早出晚归，两头不见亮色，抓紧时间抢收，不让即将到手的农作物在连绵的秋雨中倒伏、霉烂甚至发芽。抢收完毕，家家还要趁着晴好的天气翻耕土地，做好冬季作物的播种。好比百岁人生，倏忽过半，青春时的"来日方长"一下子进入中年后的"余额有限"阶段，总结所获，想着那些还未实现的梦想，终于不敢再恣肆地挥霍光阴。

无论是春耕春种，还是秋耕秋种，丰收的希望和喜悦都像撩拨人心的小手，勾着食指，让我们甘心保持着躬耕的姿态向前。2018 年，国家将每年秋分定为"中国农民丰收节"，在国字号的节庆大舞台上，秋分更加迷人，它成了装置在人们身体内的一台永动机，让我们甘愿挥洒每一滴汗水。

"燕将明日去，秋向此日分。"在清代诗人紫静仪的笔下，秋分是绵长的思念，是如烟的惆怅，是节候的催归。诗人遇节思子，思而不见，遂寄诗中。"吟诗对夕曛"，在向晚的日光中放眼望去，燕子明天就要飞到南方去了，而秋天也就到来了。"逆旅空弹铗，生涯只卖文。"以卖文为生，客居旅馆，不能像冯谖寄食孟尝君门下，凭借弹铗而歌——"长铗归来兮……"，获得衣食住行的物资。"归帆宜早挂，莫待雪纷纷"，时日不早了，这秋分就是催归啊，趁着秋高气爽，雪未纷飞，还是早日归去吧。

"三秋半去吟蛩逼，百感中来醷蚁消。"宋代诗人强至在秋分之日，听着草际吟蛩一声响似一声的催逼，多情的诗人想到岁月流逝，时光荏苒，人生短短几个秋，三秋半去何匆匆，顿时百感萦心，借着杯酒，不知能够消释一些胸中块垒否？

"秋分客尚在，竹露夕微微。"一生悲苦的杜甫在秋分日，喜逢雨霁。晚晴下，客人尚未离去，他们一起散淡地说着话，听着"竹露滴清响"，享受着他一生中难得的闲适时光。

无论是在古代诗人的笔下，还是在如今的农耕文化中，秋分都包含了一种诗意的催促。抢收，抢耕，抢种，听吟蛩，饮绿蚁，看竹露，或是催收，催耕，或是催归，或是催促着眼当下。在时间的长河中，人不过是一粒微小的泥沙。秋分是丰收和喜悦，秋分更是善意而诗情的催促，它让人深思：在短短的百年人生中，如何做一粒有存在感的快乐的泥沙？

秋意浓

宋代画家主张作画时，不但要表现作者的印象或概念，也要表现内在的机理。简言之，不但要画出外形，还要画出精神。比如在画秋天的树时，不应当以描绘树叶丰富的颜色为目的，而是要捕捉那不可见的"秋意"或"秋思"。换句话说，要使人觉得披上一件夹大衣出去吸纳干爽清凉的空气，似乎在大自然季节的蜕变中，看得出渐渐阴盛阳衰了。

欧阳修《秋声赋》中写秋，从色、容、气、意、声一一道来，"气之动物，物之感人，故摇荡性情，行诸舞咏"，写出秋意和秋思。

我对秋意的感知却是从色和味处开始的。

吃饭时，还未端起饭碗，空气中甜丝丝的香味已飘入鼻腔，低头看时，白米饭中半隐半现卧着一个红薯。我惊讶地问母亲，你种的红薯丰收了？母亲得意地回答，这是红薯收获的季节啊，经霜的红薯特别甜，你尝尝。我将红薯送入口中，在舌尖上慢慢品味，甜润软滑，真好吃。红薯飘香，方知秋已深，秋意浓。

逛街时，看到那些挑着竹筐，背着竹篓入城的人，他们或在天桥下，或在地下通道旁，靠边放下竹筐、背篓，用一块干净的塑料薄膜铺在地上，将他们刚从树上摘下的橙子，橘子摆出来，也不吆喝，路人看到橙黄橘绿还带着树叶的新鲜劲儿，嗅着橘子橙子皮散发的特有的清香味，不由自主地停下脚步。受到橘橙色和味的诱惑，我也常常会买上几个。剥着，吃着，苏轼的"一年好景君须记，最是橙黄橘绿时"便自然出现在脑海里。这些大大小小的橙子橘子提醒着我，秋意浓，秋尽冬将临。

在小区行走，桂花像小米粒一样挂在枝头，花香馥郁，忍不住驻足深吸一口，想起李清照的《鹧鸪天·桂花》，"暗淡轻黄体性柔，情疏迹远只香留。何须浅碧轻红色，自是花中第一流。"桂花香在肺腑间流转，荡涤，心中亦喜亦忧。一别心知两地秋，不知千里之外的桂花是否也在绽放，不知友人是否正嗅着桂香？欲折取一枝入城去，使他知道已秋深，然城与城之间相距甚远，无从送与寄，只好拍下桂花的清姿丽影，告诉他我居住的城市花开正好，秋意更浓。

秋深时，午后登高，入目便是树树皆秋色，山山唯落晖的绚丽景色，仿佛大自然绘出的一幅巨型油彩画。颜色不一的树叶在夕阳的映照下更加绚烂多彩，微风过处，窸窣作响，在枝头将坠未坠，翩跹起舞，像一只只会唱歌的彩蝶，唱出舞出生命的精彩和繁华。

一场秋雨一场寒。秋雨过后，两个六十多岁的婆婆一边走路一边聊天。提着菜的婆婆说，我今天开始穿两条裤子了。年龄大了，穿少了老寒腿有点受不住。推着孙子走路的婆婆说，我只穿了一条，因为要推着孙子一直走来走去，还将就过得去，如果坐着不动，我也得穿两条。她们的对话中没有提到秋意浓，但句句听来都是浓浓的秋意。直白的对话中道出深秋的本质精神——枯藤老树昏鸦，宜穿秋裤居家。

秋意浓，无论作画，写文，还是品尝美味，欣赏美景，都不及"宜穿秋裤"的提示，这样浅显而深刻，温暖而入人心。

秋天的"红灯笼"

人们通常将柿子称为吉祥果。它单是圆圆的外形和红彤彤的颜色就足以博得大家的喜爱了。红色喜庆，象征红红火火，圆形象征圆满，"柿柿"红火，"柿柿"圆满，"柿柿"顺心，"柿柿"欢喜，简直是每一个人的追求和梦想。

小时候我也喜欢柿子的形状和色彩，不过不是因为那些美好的寓意，只是觉得屋旁的柿子树到了果实成熟的季节，叶子全都掉光了，就剩下红红的柿子挂在枝头，明亮而可爱，像极了一个个小小的红灯笼，照亮了阴郁的秋，也照亮了我单调贫瘠的童年。

当然，对柿子的喜爱更主要的是它那软软甜甜的味道，它是可以吃的"红灯笼"。每当得到一个柿子，我剥去薄如轻纱的外皮，揭开柿盖，咻溜几下将柿子肉吸入肚中，红色的灯笼进入我的肠胃，似乎照亮了我的五脏六腑，我顿时感觉周身通泰，心情也变得明媚起来。

鸟雀也是喜欢那些"红灯笼"的。每到秋来，"野鸟相呼柿子红"。它们停在枝头，叽叽喳喳，呼朋引伴，左顾右盼，只要无人追赶，它们便啄食一饱。

除了鸟雀，还有同村的伙伴相争。一棵柿子树，每年能吃到肚子里的"红灯笼"实在屈指可数。因为稀少，我对它们的爱便又多添了一分。

后来渐渐长大，伙伴们或读书，或外出打工，无人相争，高挂的"红灯笼"似乎不如以前稀罕了。连鸟儿也吃上几口就飞到庄稼地里，寻觅别的粮食。

人挪活，树挪死。举家入城后，留下了那棵柿子树，年年举着"红灯笼"，照看着我们的老屋。然而没有住人的老屋，即便有"红灯笼"照着，它也会一天一天暗淡下去，像瞌睡人的眼，进入它的深度睡眠，再也没有醒来。

前几日母亲闹着要回老家看看。老家何曾还有家？多年不住人，土墙早已颓圮坍塌，杂草丛生。都说宅基地的土地肥沃，邻居在宅基地上种了蔬菜、烟草，果然长势很好，一片繁茂。

柿子树却没变，依旧高高地耸立在它原来的位置，依旧举着红红的灯笼照亮着那一方土地，那一片天空。

母亲找来长竹竿，小心地取下一盏盏"红灯笼"，不一会儿便装了满满的两大袋。我终于明白母亲为何要回家看看了——那些"红灯笼"照着她回乡的路呢。她说自己种的柿子味道不一样，我想和市场上卖的柿子相比，它们多了一分乡愁的味道吧。

看来只要老家的柿子树还在，因为它祥瑞的寓意，因为它举着红灯笼的等待，因为它乡愁的味道，我还得带上父母，常回家看看。

第六辑

人间百味是清欢

和孩子好好说话

到一个暑期训练基地采风，看到一个小男孩，大约四五岁的样子，一双又黑又大的眼珠滴溜溜地打量着我们。我忍不住问他是否想家？有没有爸爸妈妈陪伴？爸爸妈妈去哪儿了？

小男孩很健谈，说一点都不想爸爸妈妈，爸爸妈妈说他不听话，到贵州搭帐篷歇凉去了，留下他在这儿接受管教。问他有没有弟弟妹妹，他说曾经有一个，在他妈妈的肚子里，被他气死了，到医院打了胎。

我不相信，小男孩调皮一点很正常，但他这么小，能有什么坏心思？和他一起训练的表哥立即证明，说是真的，说男孩真的很不听话，整天向父母要钱，还打游戏，说他妈妈之前确实怀过一个宝宝，就是被他气死了，到医院打的胎。

男孩回答的时候很平静，似乎自己也认定了大人给他贴的标签。表哥证明的时候，男孩也不反对，依然睁着一双黑亮的大眼睛挨个回望着我们。

我想象着男孩每每向爸爸妈妈提出疑问时，他们一定说，你不听话，所以怎么怎么样。包括胎儿在腹中的死亡，或许男孩曾经问，"妈妈，为什么妹妹会在你肚子里死去？"妈妈说，"就是你气死的，你怕她出来和你争玩具，争好吃的，争家产。"

　　为了教育孩子，促使孩子悔改，妈妈说男孩气死了妹妹，让他背负内疚感。妈妈这样说，男孩的亲戚，包括男孩的小表哥才一口咬定男孩气死了妹妹。男孩自己也就这样认定了。

　　一个四五岁的小男孩，面对身边所有人贴上的标签，除了跟着认定，他能有什么反抗之力？男孩犯了什么天大的错误，以至要在孩子心中植下可能会伴随一生的心理阴影？

　　这样的教育其实是一种过激的惩罚，不仅本末倒置，也违背了教育孩子的初衷。

　　《50个教育法：我把三个孩子送进了斯坦福》中，作者陈美龄写道，孩子有问题问她，即便她正在炒菜，也绝不会说"等一下，妈妈在忙"之类的话。她认为提问是个好能力，"等一等"之类的话，有可能会让孩子感到被忽视，渐渐就不想提问了。

　　我不知道被贴上坏孩子标签的男孩以后还会不会向爸爸妈妈提问，但他回答说一点也不想爸爸妈妈时，他已经被动习惯了独自在一个陌生的环境生活，似乎不再需要爸爸妈妈的搀扶和答疑解惑，而他才仅仅五岁。

　　《拉鲁斯儿童心理小百科》的作者是一位有着25年工作经验的临床心理学家，她收集了60个小学生提出的问题，并给出了自己的答案。

她说:"孩子是通过自己思考问题以及向大人提出问题来发现世界的。大人能妥善回答这些问题,很重要,但这做起来并不容易。"

妥善回答孩子的提问确实不容易,我们通常或者随便地给一个答案敷衍,或者以教育的名义给孩子贴上一个标签,让孩子产生负疚感。自以为小孩子好忽悠好敷衍,殊不知在这个过程中,孩子感到被忽略,甚至被否定,每一次的忽悠或者敷衍都是在一点一点将孩子推开。

我记得有一次儿子问我为什么有白头了。我也是随口答道:"都是被你气出来的。"渐渐长大的儿子反应挺快,反问我:"那外公外婆的满头白发都是被你气出来的啰!"我瞬间觉得打脸。

和孩子好好说话,学着做父母,和孩子一起成长,这是父母一生的必修课。

那一年入党

今年党的生日，我们医院全体党员列队面向党旗，立正，举起右手，握拳过肩，庄严宣誓，重温入党誓词。

激昂的声音念完最后一句话时，我的思绪不由得回到了二十八年前的夏天，那一年，我写了入党申请书。

那是一个偏远的小乡镇，医院规模小，每年只有一个入党名额。我和另外两个男生小虎和小江同年分配到医院，小虎学的药剂学，在药房上班，小兵是外科医生，我是妇产科医生。

经过一年多的学习和适应，我们三人的业务能力、敬业精神和工作态度均得到领导和同事的认可。医院的党支部书记准备在我们三人中发展一人入党。

我们三人表面上不动声色，暗地里却互相较劲儿，都递交了入党申请书，每个人都比平时更加努力，都想早日成为一名预备党员。

申请书递交后，书记说我们三个都很优秀，但名额只有一个，要对我们进行考核。我暗想，考核不过是从勤、绩、德、能几个方面进行。

当时医院缺医生，老医生多数是通过招工，然后集中半年或一年短期培训后上岗，像我和小江这样经过几年系统学习，从正规医学院毕业的情况，一个也没有。小虎虽然也是科班出身，但照方抓药，技术含量没有我和小江高。我爱好写作，曾两次代表医院参加征文、演讲比赛，获得过一次奖，为医院增光添彩，算是有功之人。小虎和小江是医院的篮球队员，也曾参加比赛，同其他单位对战，但没有获奖。我们三人都深得同事喜欢，但我总觉得同事更喜欢我，当时我在单位年龄最小，同事都亲热地喊我"幺妹"。尽管如此，我还要在"勤"方面下功夫，那个阶段，我常常第一个到单位，先扫地擦桌子，为上班做好准备，下班后常常看会儿医学书，最后一个离开。我觉得，入党这个事，在我的努力下，不说十拿九稳，可能性还是挺大。

　　一个月后的某天，书记突然宣布小虎通过了考核，我和小江继续努力。我和小江一头雾水；啥时考核的？具体考核的内容是什么？考核分数都没有公布，怎么就宣布结果了？

　　见到书记，未等我们开口，书记盯着我和小江脸上不自然的表情笑着说，你们俩被淘汰了，不服气是吧？

　　我和小江点点头。

　　事先给你们说过要对你们三人进行考核，但没说怎样考核。

　　我和小江又点了点头。

　　今天早晨上班路上你们发现什么异样没有？

　　小江摇摇头。

　　我疑惑地说，我好像看到一个老年人坐在地上，边上围着两个人。我当时急着赶到医院，只瞥了一眼，没有理会。不过，这和考核有什么关系？

你们是医科生，一定知道特鲁多医生的墓志铭：有时是治愈，常常是帮助，总是去安慰。那个老年人其实算是我安排的一个"演员"，你们应该注意到他是一个需要帮助的人。

他是我的一个病人兼朋友。今天刚好碰到他来赶集，我便和他商量上演了这么一出戏，让他装成生病的样子，在你们三人上班的必经路上坐着。只有小虎停下来，耐心地询问他哪儿不舒服？扶着他到医院，给他倒开水，量体温，测血压，确认生命体征正常后，小虎还给老人交代夏天气温高，注意防中暑，然后才让老人离开。

医生的职责不仅仅是救死扶伤，治病救人，更多的是帮助和安慰他人。医生的职责也不仅仅是在医院，不要只盯着自己的一亩三分地，眼中只看到自己的得失，你们都还年轻，在今后漫长的人生路上，我希望你们眼光放远一点，看宽一点，对一切需要帮助的人永怀仁爱之心，伸出援助之手。从这件事可以看出你们和小虎之间的距离，也可以看出你们与一名党员之间的距离。

书记继续语重心长地对我们说，你们要记住从医的誓言，也要清楚入党的初心。

书记一席话，振聋发聩，我和小江幡然醒悟。书记的考核结果，我们心服口服。

如今，二十八年过去了，我和小江相继离开原来的单位，到了更大的医院，已是一名老党员。老书记早已退休，但他的话穿越时空，常常在我们耳边响起，鞭策着我们：记住从医的誓言，牢记入党的初心！

一路引领

老家在渝黔交界处的崇河村，高速路修成以前，家门前有一条210国道，终年长途车来人往，崇溪河国道上房子密集的路段逐渐形成餐饮住宿、加水补胎、修车等一条街的繁荣景象。

我家离崇溪河有一小段距离，母亲有时也学着其他乡亲，在菜园中摘一些新鲜蔬菜，背到崇溪河卖给餐馆，贴补家用。

高速路修成通车后，长途车基本上了高速，再也没有人吃饭住宿，曾经繁荣的崇溪河街一下萧条下来。

那时，我的世界和思维局限于百来户的贫困小山村。对人家口中的"要致富，先修路"是不能理解的。致什么富？没有高速路时母亲和乡亲们还可以靠卖菜换一点零花钱，高速路修成后，崇溪河萧条，餐馆关闭，就近卖菜换零花钱的路也跟着断了，还谈什么致富？

渐渐地，村里出去打工的人越来越多。父亲也外出务工。

每到父亲归来的日子，我便翘首企望，希望早一点看到父亲回家的身影，因为父亲的口袋中通常装着给我的零食或玩具。那时候，觉得高速路虽然比210国道的盘山路快多了，但终究不如我的期待快。清晨，当我一觉醒来，念起父亲，父亲便背着大包小包，走入院子，那该多好啊。

到家的父亲拿出零食或玩具给我，兴奋地说起以前要花几天时间才能到家，如今早晨出发，下午便到了。父亲两眼闪闪发光，感叹着高速路的快速、便捷。我一边口中不停地嚼着零食，一边睁大双眼，听着父亲给我讲外面的世界，感受着高速路带给父亲的兴奋和震惊，想象着外面的世界，有一天我也要坐上高速路的车子，到遥远的地方追逐我的梦想。

长大了，外出读书。车子奔驰在高速路上，我也"神思千里"。想到小时候埋怨修建高速，断了母亲的零钱梦，我为自己的天真哑然失笑；想到父亲外出务工，踏上更快的回乡路，以及父亲带给我那些好玩的，好吃的，还有关于外面世界的想象，我对高速路充满了感激；想到如今我在高速路上的驰骋，因为高速路，我的思维和眼界变得更远更开阔，终于不再局限于那个只有一百来户人家的小山村。高速路，仿佛给我插上了双翅，让我可以自在地飞翔，努力抵达和触摸曾经缥缈的梦想。

高速路引领着父亲，走向远方，挣回一张张钞票，供我和几个哥哥读书。高速路引领着我和几个哥哥，从乡村走向城市，并在城市中修完学业，走上工作岗位。因为高速路，我和哥哥们用了比父辈更快的速度走出大山，融入城市的生活。

如今，在城市生活了许多年的我们，每到节假日，便带着年老的父母，驱车在高速路上，快速地回到乡下，看看熟悉的乡亲，和他们聊聊从前，聊聊现在；看看老屋，还有曾经的菜园，在曾经的田坎土畔转悠。

母亲甚至在宅基地旁种上了南瓜。我笑母亲，结的南瓜再多，也抵不上车子往返的油钱吗？母亲说，回家能算油钱吗？母亲说得对，无论远近，我们一生都是走在回家的路上。母亲种的不是南瓜，而是乡愁，是思念。而高速路，让我们快捷地纾解乡愁。

人生是一次远行，凭着四通八达的高速路，我们勇往直前，永不停歇。人生是一次逐梦之旅，驰骋在高速路上，我们永葆赤子之心，追随梦想，无怨无悔。人生是一条长长的回乡之路，我们终其一生，走在这条路上。在远行、逐梦、回乡的过程中，高速路既是诗和远方，也是父亲和我以及许许多多逐梦者回乡的双翼，在这条路上我们追逐着梦想，又一次次返乡，时光荏苒，不曾改变。

"小保安"不简单

年初岗位变动，调到安保科，与自己所学专业相差十万八千里，管理一帮小保安（他们其实并不小，年岁都比我大）。虽说安全生产是医院发展的重要保障，是重中之重，然而一想到实质上不过是看看监控，以及各处巡查的琐碎，缺乏技术含量，我便有点羞于示人。

以前在其他科室遇到安全相关的问题，需要保安协助时，我不过是动动手指，一个电话，召之即来，直接把麻烦事扔给他们，甚至不曾仔细看过他们的脸。

真正上任后，我才开始关注这群被我及其他无数人曾经忽略和正在忽略的小保安。

他们身穿统一的保安制服，不花上几天时间，你很难分清谁是谁。

记住老徐是在大年这一天。在年的欢天喜地中，意外却悄然而至。

老徐当班，职责在身，深知肩上的重担，谨记节日的安全保障，要让全院职工和病人度过一个安乐祥和的年。

可就在他巡查完所有的楼栋，回到门诊大厅时，敏锐的他嗅到一股焦臭味，那是塑料燃烧的味道。他像狡猾的猎犬一样扇动着鼻翼，寻找着臭味的来源。臭味似乎是从急诊科方向传来的。然而，他寻遍了急诊科的各个角落，并没有发现异样。他一边走动一边仔细辨别气味最浓烈的方向。当他再次走到急诊科后门时，他的脑子豁然开朗，他几乎可以断定焦臭味是从外面传来的。

当他拉开那道虚掩的后门，三步并作两步走下石阶，到达巷道时，他看到墙角的塑料垃圾桶正向上吐着火舌，火苗眼看就要舔到旁边的帐篷。他迅疾地就近取来灭火器，熟练地拔去把手处的保险栓，将喷头对准火点，"滋滋"几下，仿佛一把利剪，剪断了火苗的长舌，只剩垃圾桶那巨大的伤口留着黑色的血液。

塑料垃圾桶中有纸燃烧后的灰烬，不知道是不是调皮的小孩扔入，就着烟花点燃。我不敢设想，如果老徐没有及时发现并扑灭火源，火舌引燃帐篷，再蔓延到门诊大楼，那将是怎样的一场悲剧，又将制造成一个多么恐慌的年。

记住老王是在正月初五。那一天也是在老王刚刚巡查完毕，步入厕所，正准备方便。细心的老王发现地上躺着一个黑色的东西。拾起一看，原来是一个钱夹子，厚厚的。失主一定非常着急，老王来不及方便，赶紧拿着钱夹走到大厅。正碰上焦急寻找的张大爷。

张大爷是农村人，七十多岁，听力和记忆力随着年龄的增长而下降。他一大早取了钱到医院看病。谁知找医生开过检查单，准备缴费时发现钱包没了。这下可急坏了，钱包里装着从银行取出了 2200 元现金，还有身份证，医保卡，银行卡等。当老王询问张大爷情况时，着急的张大爷说得语无伦次，反复说，"这下怎么办呢，我看病的钱，刚取的两千多元。"他双眼潮湿，闪着珠光。老王问过姓名，核对了身份证后赶紧把钱包递给张大爷，让他清点一下，看卡、证、钱等是否齐全。张大爷用颤抖的手点数着钞票，再看了一遍钱包中的卡、证，一样未少。张大爷一叠声地对着老王弯腰道谢，"幸亏你拾着了，要是别人拾了不还我怎么办啊？我的病都没法子看了。"

就这样，我逐渐对一个个穿着相同制服的保安熟悉起来，逐渐知道这样一群别人眼中的小保安，他们用责任感，细心，耐心，爱心保障着医院人、财、物的安全，保障着医院各项工作的正常运转。

职业没有高低贵贱之分，只是分工不同。一个履职尽职的人便是一个发光体，可能没有耀眼的光芒，但同样照耀和温暖着别人。

到了安保科，我才知道，即便是小保安，也可以骄傲地告诉他人，我也是发光体。

黄土地，红土地

都说土地生万物，但幼时的我觉得故乡那连绵大山包裹着的，是一片贫瘠的黄土地，即便辛勤耕耘，也很难收获希望。

整日跟着父母、兄长在生产队划分给我家的土地上刨食，日出而作，日落而息，家中依然三餐难以为继，那属于我的三分地带给我的不是信心，而是贫困和逃离的强烈念头。

那些年一旦考上学校，成为吃公家饭的人，土地便会退还给生产队，进行重新分配。三个哥哥相继退出土地后，我是多么希望早日成为一个没有土地的人啊。

《乱世佳人》中说：土地是世界上唯一值得你去为之工作，为之战斗，为之牺牲的东西，因为它是唯一永恒的东西。当我读到这段话时，我已经摆脱了农民身份，如愿成为一个没有土地的人。我的心一颤，一路奔跑中我是不是失去了最重要的东西，成为一个无根的人？

母亲是终身离不开土地的。在我们以孝心的名义强制父母迁移到城市居住后，老家的土地便荒了。很快，不知道母亲通过什么途径寻到城郊一片已征收但仍未建设的土地，她便成了那几垄土地临时的主人。每年松土、下种、施肥、除草，把土地打理得沟垄分明，绿意盈盈。到了收获的季节，母亲便隔三岔五提上青绿可人的蔬菜瓜果给儿女们送上门。

母亲说，人勤地不懒，人懒地现眼。母亲在土地上倾注了一个农民所有的智慧、经验和最质朴、真诚的感情，每年收获着吃不完的绿色蔬菜，也收获着充实而美好的老年生活。

有一次我周末无事，跟着母亲到她新辟的土地劳作，日暮时背回满满一背篓农作物。一滴一滴汗像珍珠一样滑落到土地上，我第一次感受到用心耕耘土地的实在和愉悦，比我成天坐在办公室拟一些虚文，说一些虚言假语更有意义，也更有成就感。

离开家乡许多年，极少回去，偶尔回一趟也是来去匆匆。去年夏天堂妹说老家成了风景区，吸引了好多外地人参观。我的脑海中浮现出那片我自小就想逃离而终于逃离成功的黄土地，那片每年辛勤劳作仍不能解决温饱的土地，它如何脱下褴褛的衣衫，穿上了一身华服，变成风景区？我终于决心带上家人，踏上归程，以游子的眼光重新打量那片土地。

故乡的黄土地竟然摇身一变成了红土地。我不知道它本来就是一片红色热土。它是中央红军长征在本市唯一的过境地，有碑文为证，有并排伫立的枫香树为证，有传承的红色故事为证。近几年政府经过反复调研，结合得天独厚的红色文化和绿色资源（深山密林），探索出

"绿色资源＋红色文化＋乡村旅游"的农文旅发展模式，走出了一条乡村振兴的新路子。红土地上推出了"重走长征路"系列主题活动，邀请游客穿红军衣，走长征路，吃红军饭，听红色故事，享红色旅程。

改头换面的黄土地，吸引着一批又一批客人的到来。

我是一个逃离者，我是一个失去土地的人。我喜欢它的变化，它的变化是日夜相守的乡亲洒下的汗水和热血铸成的。

母亲说土地是实诚的，它不会欺骗、辜负任何一个挚爱它、善待它的人；土地是善良的，它会倾其所有，奉献出谷物、庄稼，回报那些在土地上出过力流过汗的人。幼时的我是不相信的。如今才知道土地从来都没有变，它以赤诚之心回馈善待它的人，而我缺乏的恰恰是土地那样的忍耐和吃苦精神。

人总是失去了以后才懂得珍惜，我是失去之后才意识到土地的魅力。土地吸纳山川的秀美之气，吸纳日月之精华，长出草，长出花，长出世间最美的风景。

而我是一个没有土地的人。

贾平凹说，大家在一起相处，大家都是土地，大家又都各自是一条河流，谁也不想着改变谁，而河水择地而流，流着流着就在清洗着土地，滋养着土地，也不知不觉地该改变的都慢慢改变了。

或许我需要像母亲一样，寻求一片新的土地，用心耕耘。

或许每个人都是一块土地，一块放低身段，才能更好接受河流冲洗和滋养的土地。

不仅是迈开腿

坚持日行万步已经数年，仍是每逢佳节胖五斤，还感叹，如果什么事都像长胖一样容易就好了。

每到春夏，瞥一眼自己腰腹部藏不住的"游泳圈"，便特别羡慕别的美眉身材婀娜，羡慕她们有着和季节相配的轻盈。

这不，碰到朋友小琴，惊讶年过半百的她，似乎越活越年轻，皮肤紧致，杨柳腰不见一丝赘肉，一袭鲜艳的长裙，走起路来像一只翩飞的彩蝶。关键是人家那个精气神，说话时眉宇间那种少女的活力，令人歆羡不已。

前几年的她也爱运动，但不知何故，体重和身材同样处于波动状态，和我一样，胖胖的，偶尔狠下心虐待自己的肠胃，换得几天环肥变燕瘦。

细问之下，方知她每日坚持锻炼，体重不减反增，体脂指数一年一年超标，血脂血压血糖进入临界，眼看即将步入"三高"人士之列，学医的她开始警觉并分析缘由。

年龄增长，胃口竟然和年轻时一样好，吃嘛嘛香。虽然整天没有饿的感觉，但每到就餐时对于美食一如初见，打心眼里热爱，能吃是福，还自以为是热爱生活者应有的表现，不加丝毫控制。后来看到一句话，说一个人的童年对其一生有着很大的影响，幸福的人用童年治愈一生，不幸的人用一生治愈童年。经历过童年饥饿感的自己对食物应该是病态的喜欢，一直处于心理上的饥饿状态，其实并不是真正的生理需求和胃口好。纵容吃的结果是摄入的热量和锻炼消耗的热量不成正比，日积月累，体重当然只增不减。

找准"病因"的她为了把身体调整到理想状态，她开始实施"管住嘴，迈开腿"双管齐下的策略。面对美食以身体是否需求为准，不再像以前一样痴痴地求，傻傻地爱，来者更是一概不拒。戒掉心理上的贪婪后，饭吃七分饱，晚餐，更以蔬菜为主，让自己暴发户似的胃回归自然。

这个当然比"迈开腿"更需要毅力，尤其对美食有着心瘾的人而言。

她略过了"忍痛割爱"的细节和过程，只一言概之，说，想真正控制自己的人生，就应该从控制体重开始。比"迈开腿"更重要，也是更难的，其实是"管住嘴"。

据相关实验证明，无论是单细胞动物还是哺乳动物，如果将正常饮食减少到三到四成，寿命均可以明显延长。我们总是误解能吃是福，其实这个"能吃"也是身体需求量内的"能吃"，并不是不加控制地吃。

听她一席话，收获甚多。

与其羡慕，不如行动。从今天开始，我不仅要"迈开腿"，更要"管住嘴"，在滑向"三高"的路上及时止步，并强势地要求我的人生，还我轻盈如蝶的身姿。人间值得，每个人都应该以负责任的态度来对待自己的生命，给生命以足够的宽度和长度，不枉此生来过。

健走那些事

刚起床,队长就在健走群里发信息:今天比赛正式开始。言外之意,我们这个连续五连冠的健走队不要有人拖后腿,大家继续努力,确保实现六连冠。

这是全国"万步有约"健走活动的第六个年头。按照惯例,活动开始持续一百天,每天日行一万步,时间段为早晨五点至晚上十一点;正常体脂指数者需要完成三个健康处方,前两个健康处方各连续行走十分钟,第三个健康处方连续行走十五分钟;超重者即体脂指数超过23.9 的一共需要完成四个健康处方,即多完成一个十五分钟的健康处方;另外还有"朝三暮四"的考核,即早晨九点前完成三千步,或下午五点至十一点完成四千步。

日行一万步,加上三个或四个健康处方和"朝三暮四",对喜欢运动的人来说似乎并不难,早晨坐车上班改为低碳出行,步行上班,看路之远近,"朝三"和健康处方或许就完成了,晚饭后消食走两圈,一万步轻轻松松。

然而，比赛时间持续一百天，看似轻松的一万步难免会因为某次意外而出现难度。比如，上夜班后补充睡眠，睡着睡着就忘了；或者一整天下雨，想着雨停了再走吧，时间飞快流逝，准备洗漱上床时才蓦然想起；有时开会吃饭应酬，很晚回家，等想起时头都大了，万步不够，跑步来凑，于是健走改为跑步。

队长制定了严格的考核方案，看在金钱和荣誉的分上，队员个个不敢小觑，新旧队员互相提醒，坚持五年，人人满分，实现团体五连冠，不仅获得赞誉，更重要的是收获了健康和好心情。

今天，队长安排了线下团体行走，虽然晨起天公不作美，下着霏霏细雨，但风雨无阻，队员无一缺席，无一抱怨，撑伞而行，别有风味。

健走时还特邀了一个业余摄影师给我们拍照，统一的红色运动服，整齐的队列，飒爽的风姿，照片上传，博得点赞一片：冒雨前行，精神可嘉！你们认真的样子最美！

数年健走坚持下来，个个身材棒棒的，不仅远离了中年的小肚腩和油腻，精气神也和年轻人相差无几。五十多岁的老队员小琴笑着说，咱也可以打广告了，自从参加健走活动，一口气上五楼，心不慌，气不喘，不费劲。

北大校长王恩哥在毕业典礼上讲到人一生要结交两个朋友，一是运动场，二是图书馆；说一生要配备两个保健医生，一个是运动，一个是乐观。他说他没有别的兴趣和爱好，就是几十年养成了两个习惯：

日行万步路，夜读十页书。

生命在于运动，日行万步，管住嘴，迈开腿，步入社会多年的老毕业生们做到了吗？

问渠那得清如许

她是医院接种门诊的一名清洁工。我一直叫她大姐，她像大姐那样照顾着别人，给人一种与生俱来的温暖和亲切。因为"大姐"的称呼，她的姓和名反而被忽略了。

初来的时候，她有一丝腼腆。简单自我介绍后，说她是第一次从事这个工作，不太懂，有做得不对的地方让我们给她指出，她好及时改正。她壮实的身板、坦率的话语自然而然给人一种值得信赖的感觉。

她熟悉工作很快，做事麻利。第二天我就几乎不能对她的工作提出"指导意见"了。

接种疫苗的人群增加，接种门诊空前繁忙起来。因为大量的询问和沟通解释工作，医务人员每天口干舌燥，却无法脱身去倒水。大姐一边做好她的清洁工作，一边瞅准谁的杯中没有水了，及时把每一位医务人员的水杯蓄满。医务人员向她投去感激的微笑，并说谢谢时，她显得特别不好意思，一边红着脸连声说没事没事，一边迅速离开。

接种后受种者按压的棉签属于医疗废物，需要单独放于黄色垃圾桶中。虽然有明显的标识，但还是有一些人随手将棉签扔到黑色的生活垃圾桶。大姐盯着受种者按压的棉签，走来走去逐一宣传，一旦发现谁误扔了，立即戴着手套及时将污染的生活垃圾打包，按照医疗废物处理。

接种门诊设置有儿童娱乐区，方便接种后的儿童在玩耍中留观。大姐俨然成了儿童看护员。家长有什么紧急的事需要离开一会儿，总是让她帮着看护孩子。年龄较小的坐滑梯时，她像照看自家孩子一样，担心小孩摔倒，她还要在旁边以手相护。有时大姐又变身为快递员，有家长需要临时购买尿不湿或奶粉什么的，大姐也帮着到就近超市跑一趟。

因为疏于浇水打理，家中的绿植从来难逃死亡的命运。办公桌上的那盆养了一年有余，却葱葱郁郁，长势极好。每当我盯着电脑屏幕的双眼疲倦了，便习惯性地将目光投向它，感受这份小美好。起初，我以为是这盆绿植耐旱好养的缘故。后来才知道，大姐每每见到它的土壤干了，便双手捧到水槽，连盆浸入水中，直到植物吸足了水分。

大姐的清洁活工作做得让人无可挑剔。然而，我总觉得大姐不是清洁工，她更像一汪清澈的泉水，滋润着遇到的每一个人。

问渠那得清如许，为有源头活水来。我觉得大姐对人、对工作、对生活的爱就是那一汪水的源头，清澈如许，永不枯竭。

让座风波

一次好心的让座竟然演变成一场争吵，这恐怕是谁也没有料到的。

小城的公交车一向人满为患，尤其在上下班的高峰期，更是一座难求。

那天上车后照例没有座位，我习惯性地走向车尾空隙处站着。车行至下一站时，一对年轻的夫妇牵着一个两三岁的小男孩也走向车尾。一家人在两排座位的巷道站定，就近座位上的阿姨站起来让座，年轻的爸爸教小男孩给阿姨说了一声谢谢后，活泼可爱的小男孩欢快地独自坐下，夫妇俩挨着小男孩站着。

靠窗位置的一个婆婆问小孩，"你没有买票，你怎么单独坐啊？"小孩说，"我喜欢单独坐。"婆婆说，"你是免费儿童，没有座位，不能单独坐。"小孩说，"我有座位，我就要单独坐。"婆婆说，"你只能由你爸爸妈妈抱着坐，不能单独坐。"小孩说，"我喜欢单独坐，我就要单独坐。"婆婆反复强调小孩没有座位，不能单独坐，小孩反复申明他有单独坐的权利。婆婆在小孩稚气而坚决的申明下显然败下阵来，不甘心地向同座的老伙伴感叹，"不是娃儿的问题，是家长教育的问题。"

在婆婆和小孩子说话的时候，孩子的爸妈一直保持着沉默，然而年轻的爸爸显然早已忍无可忍了。婆婆这句感叹一发出，孩子的爸爸便怼道，"你这个老年人还'扯'也，起初你和孩子说不能单独坐的时候，我还以为你是一片好心，担心他的安全，哪知道你竟然扯到教育上了。我怎么教育孩子是我的事，你管得着！何况他说了'谢谢'才坐下，我愿意让他独自坐，有什么问题？"

婆婆的音量在生气的家长面前放低了，然而仍是不甘心，嘀咕着，"是，你教育得对，你没有问题。"

"你这个老年人还好笑，哪有你这样逗小孩？我教育得对不对关你什么事？"年轻的妈妈尴尬地沉默着，目光在婆婆和年轻的爸爸之间逡巡，带着一丝祈求。小孩双手扶着前排的椅背，怯怯地看着凶巴巴的爸爸，爸爸拍着小孩的手背安抚了一下，仿佛告诉孩子，"有爸爸在，别怕。"

婆婆平静地回应道，"你教育得好，你确实教育得好。"

这时，孩子一家到站了，有一丝难为情的妈妈已先一步下车。爸爸牵出座位上的孩子，听到婆婆的回应后停下来，转过身，恼羞成怒地一字一顿地对着婆婆说，"我教育得好不好与你无关，就算孩子长大杀人放火也与你无关。"孩子睁着一双困惑的眼睛看着爸爸，催爸爸下车。

一场争吵终于随着一方的下车平息下来。

让座人的本意是在拥挤的车上，家长抱着小孩坐下，一是安全，一是减少车厢的拥挤吧？当然，到底怎样坐，那是受让人的事，让座人因让座已心安了。然而，大热的天，孩子喜欢独自坐，家长自认为确定孩子安全无虞，乐得让他独自坐，他们买了票，就可以理直气壮地让孩子独占一个位置，这是不是认识上的误区，造成教育上的某种缺失？乘车的婆婆坚持文明乘车和教育的原则，试图扭转和改变一些观念，在对方下车后她从短暂的沉默后转移话题，是不是某种程度上承认自己的失败？

一件本来是文明的事，却演变成不文明。文明和不文明之间，有时就是几句话的距离。孩子眼中的困惑和迷茫告诉我们：在文明的传承上，在教育的路上，在换位思考和恰当的沟通方面，我们都还有很长的路要走。

"情绪垃圾"莫乱倒

晚饭后例行散步，碰到同学小英，一脸烦恼地向我吐槽，说她成了一个"垃圾桶"。

小英心态很好，善于调节自己的情绪，是一个积极上进的人，除了上班，从未停止各种资格证的考试，堪称"证书专业户"。她也有排解不了的烦恼？她怎么成了"垃圾桶"？

原来是小英同科室的姐妹离婚了，独自带着一个孩子。最近处了一个对象，男人对她和她的孩子不是很上心，她却对男人很满意，想和那个男人共度余生，并对他抱有很高的期望。男人离婚后依然牵挂着前妻，对这个小姐妹爱答不理，但也不说分手。小姐妹有一颗玻璃心，又不能当断而断，每天用她的消极情绪以及她和男人之间纠缠不清的破事对着小英轰炸。小英每天接受负面情绪的污染，苦不堪言而又不胜其烦。

小英说，"我好不容易把她从离婚的阴影中开导出来，现在又遇着这档子事。劝她分手她舍不得，劝她理性点，离了婚带着孩子的女人再找对象，男人能够母子全盘接收已经很不错了，不可能像拾着金元宝般捧在手心，藏在心窝。然而不管怎么说，她就是不听。"

其实小英也是离婚数年，独自带着女儿过日子。她不喜欢对别人诉说生活中的不堪，离婚后两年多单位的人才知道她早已单身。小英不把自己的幸福寄托在他人身上，过得独立而通透。一边认真上班，用心考证，一边陪着叛逆期的女儿，最终女儿考上理想的大学，她离婚后考了三个证，给自己带来不错的经济收入。

那小姐妹离婚时前夫是净身出户，她得到两套房子和一辆车子，还整天如身处炼狱一般痛不欲生。小姐妹声称如果离婚时像小英那样作为受害方啥都捞不着，她肯定会杀人。

"每次心情不好，她就去喝酒，喝了就醉，我担心她明天上班怎么办？她那块的工作我又不懂，我只能帮着安抚一下。"小英继续说。同事的情绪影响到了工作，小英觉得无能为力。

小英不明白为什么一个人自己的情绪不自己想办法排解，自己去消化。一味地放任自己深陷其中，每天像祥林嫂一样喋喋不休地向人倾诉，解决不了任何问题，完全是自己和自己、也是和他人过意过不去。小英说小姐妹的职称考试考了三四次都没有考过，与其花那么多时间纠结，借酒消愁，还不如多看看书，把该考的证考了，过好自己的生活。

"问题是她不能管理好自己的情绪，不能安静下来，也没有爱好和明确的目标去转移注意力，又逮不着合适的人倾诉，只有对着你轰炸。要从情绪中走出来，还得靠她自己。"对小英的处境，我是同情而爱莫能助，只能顺势分析，说一些不痛不痒的话。

小英不解，莫非 80 后和 90 后的抗压能力要差一些？是啊，我说我们这一代小时候挨饥受饿，挨打受骂，后来对自己拥有的反而充满了感恩，对失去的能够淡然相对。或许从福窝中成长起来的 80 后 90 后们接受生活的鞭打还不够。

散步结束，分手时小英苦笑着向我道歉，"不好意思，我把'垃圾'倒给你了。"

"没关系，腾出点儿空间，你明天才能盛得下。"我一半调侃一半安慰地回答。

没有人是容量无限的"垃圾桶"，能永远无条件地接受他人的"情绪垃圾"。

清理"情绪垃圾"，最终还得靠自己。

一名教师的"改判书"

"三尺讲台育桃李，一支粉笔写春秋。"这是写教师十年如一日的工作，歌颂教师的伟大。我家三个哥哥，都是老师。作为教师的妹妹，我为他们感到自豪。

2014年一年一次的教师体检中，报告显示大哥身体各项指标正常。三个月后大哥腰背部疼痛不能直立，被诊断为恶性肿瘤。病房住院不到三个月，当年九月去世，生命定格在48岁。

2017年身体无任何不适的二哥教师体检时提示甲状腺肿瘤，恶性，也是48岁。

"明天和意外，你永远不知道哪一个先来。"不知道这句话是谁说的，大哥的离去让我们对这句话有了更深的感悟。生死之间，原来薄如蝉翼。面对死亡，我们成了惊弓之鸟。

2017年的那一纸诊断书带给二哥、三哥和我心理上的压力，可想而知。我们瞒着年老的父母，不让他们知道。我咨询了大医院的主任医师，也咨询了患同样疾病的我的同学。结合我自己的医学知识，我反复安慰二哥，说，"没问题，这是恶性程度最低的肿瘤，切除了就没事。如果体检时未能发现，与瘤共存几十年也是没有问题的。"

当然，这话也是安慰我自己。大哥意外离去后，我们多么希望一家人健健康康生活一辈子，直到正常年老死亡。

二哥做手术那天，我正在上班。下班后，打二嫂的电话询问情况，没人接听。心中异常忐忑，我立即打了一个车直奔医院。车程一小时。

找到二哥的病房时，二哥很惊讶，"你怎么来了？"手术很顺利，二哥已从麻药中苏醒过来。说住几天就可以出院。

初出院的二哥发声困难，医生说正常，手术后声带有一个恢复期。

休养了一个阶段，二哥回到学校，考虑到身体问题，学校让二哥教电脑和体育课，这两门课说话的频率不像教语数课那样多。

一年过后，二哥的身体恢复得差不多了，主动提出教语数。校长把全区数学成绩最差的一个班交给二哥，说你看你教这个班行不？

二哥看着校长殷切的双眼，毅然接下。

一学期结束，二哥在数学思维能力竞赛中被评为"优秀指导老师"，在数学计算能力竞赛中被评为"优秀指导老师"。数学成绩全区倒数第一的班上居然有好几个同学上台领奖。

一年后的期末考试，班上的数学成绩在全区提升32个名次。二哥感慨万分，像奥运会上获得冠军的运动员捧着奖杯，接受采访一样激动，自己写了一段文字配上他和宝贝们校园生活的图片发圈，"谢谢领导的信任，谢谢数学组同事们的帮助和指点，谢谢家人的支持和鼓励，谢谢家长们的接纳和助力,谢谢宝贝们的刻苦努力和勤学好问,我们从山脚爬到了半山腰,后面的路程很长也很艰难,但是无限风光在险峰,我们一起继续努力向上爬,去欣赏更美的风景。"

二哥在教学之余,更加注重吃动两平衡。侄儿给他买了健身器材,成了他的健身技术指导老师,考了营养师证的二嫂则每日三餐给他提供均衡营养。

如今五年过去了,每天坚持跑步的二哥早已甩掉了跟随几十年的小肚腩,身体各项指标也从原来的"三高人群"到现在同运动员相差无几。

手术后每天服用甲状腺替代药物的二哥又激动了,自己给自己下了一纸"改判书":"被告因无视生命,2017年被老天判处死刑缓期五年执行。五年中,因被告有出色表现,管住嘴,迈开腿,勤工作,显实效,特许再缓期五十年执行。"

寻找蚯蚓

宋朝诗人梅尧臣《梅雨》中有诗云，"三日雨不止，蚯蚓上我堂。"蚯蚓大约是喜雨的，它最爱的生活环境是潮湿，阴暗，通透性好的中性土壤，梅雨提供了这种可能。周末儿子的生物老师布置作业——观察蚯蚓，并拍照上传图片。连晴数日，我们到土地中寻找蚯蚓，倒是颇费了些周折。

老妈前段时间种地，家中备有一把小锄头。老爸听说是孙子的作业大事，帮着从屋子的一个角落将锄头找了出来，递给我，说，"找蚯蚓，你妈妈前段时间种地的那个水沟中多的是。"

我提着锄头和儿子一起下楼，找到那个小水沟。小水沟里早已填满了泥土，曾经的排水地方已让位于杂草和南瓜藤蔓，深而密的草和宽大厚实的南瓜叶子严严地遮住土壤，完全分辨不出路面和小水沟的边界，这样的小水沟让我如何下锄？土地干旱许久，完全板结，我觉得那样的土中应该是没有蚯蚓的，在秋日正午耀眼的阳光下我不愿徒费力气和汗水。

我和儿子继续往前走，好不容易见到一块巴掌大的没有杂草和南瓜藤蔓的空地。我拿着小锄头弯腰挖掘，哐当一声，薄薄的泥土下掩着一个倒置的碗，锄刃挖着碗身了。儿子问为什么有一个倒置的碗，我才想起中元节才过去不久，有人曾在这儿泼水饭烧钱纸祭祖呢，难怪泥土呈黑色，没有生杂草。我怕惊动了祖先的魂灵，只好另外寻地再挖。

然而，锄头竟然不能使用了。老妈因腿疾复发，锄头闲置已久，锄刃和锄柄之间衔接不紧，已有松动，锄刃在同陶瓷碗硬碰中败下阵来，锄头彻底散架。我试着将它们榫合好，终究不是一个庄稼的好把式，对农具的修复也就无能为力。

我只好提着锄头回家，寻求老爸的帮助。

转身时，儿子惊呼，"这儿有一只蚯蚓。"

我停下脚步，"咱们正好观察。"

"是死的，老师要求观察活着的蚯蚓。"儿子失望地说。

我一看，果然。无意中爬到水泥路面上来透气的蚯蚓或许是遭受到了车裂的酷刑，它干枯被撕裂的尸体横陈在路中间，惨不忍睹，像大地的一道伤口。

我们一路无言。回家。我将锄头扔给老爸，抱怨这个锄头派不上用途。从土地上退休十多年的老爸接过去，几下就将它修复完好。为确保寻到蚯蚓，这次我叫上老公。在体力劳动方面，我一向很有自知之明。

老公瞅准一个地方，三下五除二，在我和儿子几度舍弃，几度继续寻找潮湿土壤的过程中，他大呼已经挖到蚯蚓了。

我和儿子略带不信地返回，果然见到一只蚯蚓正在新翻的土壤中爬行。

记得小时候我跟着大人叫它"曲蟮"，不知其意。只觉得它肉乎乎的样子在土壤中爬来爬去，特别可爱，我用手指触碰它的身体，滑溜溜的，还会缩身术的样子，扭来扭去，一下缩短许多。听大人说它会让泥土蓬松，能改善泥土品质，是庄稼的益虫，我对它便多了一分喜爱。

然而菜园里高视阔步的鸡看到了，来不及阻拦，飞快将它啄了去，几下入肚，一不小心它便成为鸡的美食。我只能对鸡飞起一脚，或一声叱喝，却救不了蚯蚓的命。看着我生气和难受的样子，妈妈安慰道，"世间万物，各有各的命数。"

那只车裂而亡的蚯蚓也是它的命数吧？

儿子摸了摸蚯蚓，利用他生物课上学到的知识教我辨认蚯蚓的头和尾部，说蚯蚓是环节动物，头部距离环带近，还说头部较尾部稍圆且大，头部颜色比尾部颜色深一些。

学医的我告诉儿子，蚯蚓在医学上叫地龙，这名字颇有派头。缘于它有清热、止喘、通络等功效，被临床广泛运用，救治了成千上万的人。在病魔面前，蚯蚓是药，给人以健康和快乐。它担得起这名儿。

观察拍照完毕，我们给蚯蚓掩上一层薄土，回家。

万物静观皆自得。同儿子一起寻找蚯蚓，观察蚯蚓，不仅收获到大自然的乐趣，也让我回到儿时，重拾了童心。

愿每一只蚯蚓或在土壤中，或在中药里，平安快乐地度过它们有意义的一生。

人生需要不断修剪

　　小区工人推着锄草机"突突突突"在草坪上一圈圈地来回走过，修剪过的青草散发出好闻的清香味。两个穿着时髦的小姐姐停下脚步，深深吸了一口气，感叹道，"真香！"我也跟着陶醉了几秒钟。

　　第一次看到工人修剪时，我可不这样认为。

　　在厚厚的草坪上走路，打滚儿，坐着看书，是多么惬意的事。茂密的草坪仿佛具有弹性，人在上面，心是雀跃的，如同玩蹦蹦床，微微一动，整个身子便向上弹起。沉重的锄草机在柔弱的小草上一次次碾过，锄草机发出的"突突"的声音，似乎是小草的哭泣声；缺胳膊少腿的小草流出汩汩的血液，那味道飘出很远很远，如同渴望拯救发出的呼喊；修剪过的草坪有些甚至能看到泥土，像进入暮年的老人霜发稀疏，露出白生生的头皮。

　　我问工人，长得好好的为什么要修剪呢？让它们长得更深更茂密不是更好吗？工人耐心地解答，修剪正是为了让它们长得更好。不修剪它们的根部太密，容易腐烂。

我恍然醒悟，想起小时候父亲每年都要对果树进行修剪。父亲告诉我，修剪过的果树才长得好，结的果实才多。如果任由果树生长，树冠长得密不通风，阳光照射不进去，果树的产量就要降低。不进行修剪，本来大的枝丫也长得细弱，即使结果多，也无力承担。将无用的枝条剪去一些，正是为了留下的枝条长得更好，结的果实更多。

一个人的成长，也是一个修剪的过程。小时候，当我们做错事，父母对我们进行批评教育，做对了又对我们进行夸奖，给我们指出哪些可以做，哪些不可以做，就是在对我们的行为进行修剪，剪去错误的行为，通过鼓励保留我们正确的行为。稍大进入学堂，老师教我们更多的知识，进一步规范我们的行为，正是为了我们的茁壮成长，对我们进行修修剪剪。

我自以为明白了"修剪"的意义，其实并不懂得用修剪的智慧来指导自己的人生。

大学毕业后，我有一个许多人羡慕的工作，然而总觉得不是自己真正喜欢的职业，于是一边上班，一边想着跳槽。自以为广撒网，多捞鱼。考研、公招考试、考律都是我跳槽的途径。每天我都拟定好学习计划，自认为完全没有虚度光阴。然而，几年折腾下来，每一种考试都只差那么一点点，尽管心有不安，那些考试却渐渐离我远去，我仍然在原单位不温不火地上着班。如果真正懂得修剪，不管选择哪一种，或者是安于现有的职业，全力以赴，一定不会是现在这个样子。

重拾写作之梦后，利用文友提供的搜索引擎，我查到了29年前在

《当代青年》上发表的一篇豆腐干文章。圈友点赞，说我竟然那么早就上大刊了。我心中却是五味杂陈，如果我一直坚持写作，中途不曾因为各种考试和成家生子等原因中断，哪怕只是业余空闲时间一直坚持写作，我在这条路上也不至于像现在这样还在努力绽放，或许早已繁花盛开，葱茏芬芳。

前些日子同我的一个老师一起吃饭。老师爱好颇为广泛，多才多艺，经常参加各种比赛，即将退休。老师说他正在学着做减法，准备减掉一些爱好，保留下真正喜欢而又擅长的一种，既顾及自己的身体健康，又利用退休后充足的时间好好发展一下。看来这位老师终于懂得了"修剪"之道。

删繁就简三秋树。修剪中蕴含着人生的智慧。修剪花草树木，修剪岁月人生，修剪旁枝末叶，修剪欲望杂念，痛下决心，剪去一切不必要的累赘，在修剪中花草树木的长势得到修整，岁月人生的走向得到修正。

修剪，一个充满着智慧的动词，心中时常揣有一把岁月人生的剪刀，修剪人生，修剪岁月，修剪灵魂，一路不停地修剪，我们的人生才会达到应有的高度。

人生短短，常存修剪之心，适当放下，适当的减法，适当的修剪，我们的人生才能枝繁叶茂硕果累累，我们的航船才能扬帆远航与行稳致远。

如果再给一次机会

我买了一件价格不贵的衣服,穿在身上,自我感觉良好。巧笑着问老公,好看吗?有点"妆罢低声问夫婿,画眉深浅入时无"的味道。我要的答案当然是认同,我当然不希望听到"难看,不适合"之类的话语,谁愿意一瓢冷水浇个透心凉?

老公用余光快速瞥了我一眼,一秒钟不到,从牙缝中飘出"一般"二字。明显的敷衍,要不是我耳朵还算灵敏,会以为他不曾有过回答,会以为空气中只有我的巧笑和期盼悬在那儿,又一点点冷却,最后如雪花,化为无形。

我继续堆满笑容,"再给你一次机会,好看吗?"老公又瞥了一眼,回答略有升级,"还可以。"死心眼的我继续堆满笑容,"给你最后一次机会,好看吗?"

如果相爱甚笃,举案齐眉,这样的"机会"是寻常日子中的一点调料,机自可失,时可再来。

读小学的儿子有时考得不好,我说没关系,下次努力。对小孩来说,人生是一张巨幅画卷,一次的考试只是画幅上的一个点,他还有很多机会修正自己的图画。

然而对绝大多数成年人来说,许多重要的机会却是转瞬即逝,根本没有再来一次的可能。

最耳熟能详的没有可能的"如果再给一次机会",或许是《大话西游之大圣娶亲》中的那句经典台词:"曾经有一份真挚的爱情摆在我的面前,但是我没有珍惜。等到了失去的时候才后悔莫及,尘世间最痛苦的事莫过于此。如果上天可以给我一个机会再来一次的话,我会对你说三个字'我爱你'。如果非要给这份爱加上一个期限,我希望是一万年!"在变回孙悟空前,至尊宝才发现原来自己真正爱着的是紫霞,但一切为时已晚,他只能放下紫霞的尸体,看着紫霞飞向太阳,最后他肩扛金箍棒像"狗"一样离开,带着无限的遗憾又踏上了西天的征程,自始至终没有再回一次头。

《假如给我三天光明》的作者海伦·凯勒也是写出了没有可能的"如果再给一次机会"。书中,失去声、光、语的海伦·凯勒完整描述了她富有传奇色彩的一生,写出了假如给她三天光明,在这三天里她最想做的事。命运给海伦·凯勒限定了不可能,她凭借自己顽强的毅力和不懈的努力,创造了无数的可能,可以说她的一生,比许多身体健康的人活得更精彩。海伦·凯勒以一个身残志坚的柔弱女子的视角,告诫所有身体健康的人,应该珍惜生命,珍惜造物赐予的一切。

岁月如流,时节不居,事实上人生的每一天都是现场直播,每一天都是限量版，命运赐予我们机会的同时，它也做好了收回的打算。很多时候，机会是具有时效性的，失去了就不会再次光临。所以，重要的不是想着"再给一次机会"，而是机会降临时，紧紧抓在手中，珍惜机会，活出自己的精彩。当机会不再时，我们可以坦然地说，"我奋斗过。"以后的日子，我们才不至于在懊悔中回忆。人的生命是有限的，一个人一生的机会也是有限的。在有限的生命里，唯有抓住每一个机会，才能成就更好的自己。

人生百年，倏忽而过。不要想着"如果再给一次机会"，人生没有那么多假设，现实是一个个真实而响亮的耳光，打在谁脸上，谁痛谁知道。最好的态度还是珍惜当下，努力过好每一天，修出一颗敏锐的心和灵敏的听觉，提前做好准备，当机会敲门时，我们能够听到，并珍惜每一次机会。